Chat Noir

2. LE NAUFRAGÉ DE L'ÎLE MAUDITE

YANN DARKO

Chat Noir

2. LE NAUFRAGÉ DE L'ÎLE MAUDITE

GALLIMARD JEUNESSE

À toutes les mamans du monde.

Je me nomme Sasha Kazhdu. Mais, la nuit, on m'appelle Chat Noir. Ces deux noms, je les tiens de mon père. Lui qui fut Chat Noir avant moi, et que j'ai abattu d'une flèche alors que j'ignorais son identité secrète. Cette erreur tragique, commise pour les beaux yeux de Phélina que j'aime et qui se moque de moi, je ne me la pardonnerai jamais.

Comment continuer à vivre après avoir tué son propre père ? Ma sœur Bathilde l'a décidé pour moi : en enfilant ses gants-griffes et, dissimulé sous la même capuche, en poursuivant la mission de Chat Noir.

En effet, comme me l'a fait découvrir le Moine de la tour Montfrayeur, Chat Noir n'est pas seulement un voleur. Il est avant tout le protecteur de Deux-Brumes.

Alors, apprenant de Mama Pouss l'art de courir sur

les toits, j'ai repris le fil de l'enquête que menait mon père. Aidé par mon copain Cagouille, j'ai découvert que l'Archiduc de Motte-Brouillasse hébergeait, en secret, de curieux rats venus de l'étranger. Ces Ratakass, rongeurs surdoués et malfaisants, semblent préparer la guerre contre les Rats-des-brumes, natifs de notre royaume.

Plus étrange encore : je suis convaincu que ces Ratakass utilisent des armes miniatures, dont les flèches pourraient aussi bien viser des cibles humaines que d'autres rats. Le postérieur de Cagouille en a d'ailleurs fait la preuve !

Comble de surprise, des personnalités de Deux-Brumes sont mêlées au complot, sous la férule de l'Archiduc. Phélina elle-même semble en faire partie ! Malgré cela, et bien qu'elle continue à me prendre pour un imbécile, je ne parviens pas à la chasser de mon cœur.

L'avenir s'annonce riche en surprises. J'ai peur qu'elles ne soient pas toutes bonnes. Ce matin, une roulotte de cirque est passée près de la rivière où nous pêchions, Cagouille et moi. Le nain qui la conduisait annonçait à pleine voix le spectacle du Cirque des Rats !

Coïncidence ? J'en doute… Voici une représentation que Cagouille et moi ne manquerons pour rien au monde !

I

L'imposture de Cagouille

– Qu'est-ce qu'y a, mon Sasha ? T'as une figure de dindon, on dirait que tu viens d'*pleurnichier.*

– Mais non, je n'ai pas pleuré. C'est la fatigue. J'ai passé la nuit à réfléchir, sans dormir. Et puis, tu sais bien que j'ai été malade pendant une semaine.

– Eh, oh, malade, hein… Tu le vois, çui-là ?

Cagouille m'indique son œil, celui qui n'est pas crevé, en sifflant deux petits coups pour bien montrer qu'il n'est pas dupe. Il a raison, ma prétendue maladie n'a été qu'une excuse pour ne pas aller au Collegium et rester chez moi. J'avais besoin d'être seul, pour prendre le temps de libérer toute la peine enkystée dans mon cœur depuis la mort de mon père. Là encore, Cagouille a raison : j'ai versé davantage de larmes ces derniers jours que dans les semaines qui ont suivi la tragédie. Il m'aura fallu tout ce temps pour que la mort de mon père me semble réelle, pour que la sensation qu'« il n'est *pas* là » devienne celle qu'« il n'est *plus* là ».

– Regarde, en voilà une belle ! Attends voir, j'vais pas la manquer !

– Pauvre bête…

Silhouette fantomatique dans la brume matinale, Cagouille chasse la grenouille, entre les remparts de la cité qui nous dominent et le fleuve un peu plus loin. Pieds nus, les chausses roulées au-dessus du genou, tirant la langue pour mieux se concentrer, il patauge dans la vase en brandissant ses armes. Dans la main gauche, une baguette au bout de laquelle s'agite un lambeau de mouchoir rouge, appât qui curieusement fascine les grenouilles. Dans la main droite, prête à frapper, une lance constituée d'un manche à balai pourvu d'un long clou, avec laquelle il transperce les pauvres bêtes qui se jettent sur le morceau de tissu.

La belle grenouille que vise Cagouille bondit vers le leurre. Il frappe aussitôt, mais je le bouscule d'un bon coup d'épaule qui lui fait manquer sa cible. Il glisse, tombe sur le derrière dans le marécage, tandis que sa proie disparaît avec un *plouf !* entre les joncs.

– Purin de *merdre* ! Mais t'es *marboule*, z'ou quoi ?

– Désolé, je n'avais pas envie de voir ce pauvre animal se faire trucider.

– Môssieur sauve les *garnouilles* ! Mais tu me chanteras une autre chanson à midi quand tu les renifleras en train de griller *a'c* de l'ail.

Je l'aide à se remettre sur ses pieds. Au-dessus de nos têtes, des oies sauvages passent en cacardant comme des cornemuses. Elles filent vers le soleil levant qui, déjà, dépasse les tours gardiennes de la ville. C'est l'heure d'aller au Collegium.

– En tout cas, Sashouille, t'as pris de la force depuis que tu joues à Chat Noir ! M'envoyer par terre d'un coup d'épaule, ben mon vieux…

– Tais-toi ! m'affolé-je. Si quelqu'un t'entendait ?

C'est vrai, je suis devenu plus fort et plus souple. Et il n'y a pas que mes muscles qui ont changé. L'automne se termine, et dans mon âme je ne suis plus le même que lorsqu'il a commencé. Je me sens devenir un homme. Mais un homme fragile, dans un rôle qui le dépasse, comme un chevalier vêtu d'une armure trop grande.

Bien que le devoir de remplacer mon père soit écrasant, j'aime devenir Chat Noir. D'ailleurs, courir les toits sous les étoiles, m'infiltrer sans être vu, et même le danger, tout cela me manque sérieusement. Voilà trop longtemps que je n'ai pas enfilé la capuche et les gants-griffes ! Car j'ai passé mes nuits de « maladie » à guetter en vain la tour Montfrayeur, espérant que le Moine y allume la lumière pour m'appeler. Son silence commence à m'inquiéter.

– Pourquoi qu'tu retournes aujourd'hui à ton Collegium ? C'est les dernières classes de la semaine, y a des cours que l'matin, et pis ensuite, messeigneurs les étudiants d'mes chausses, z'êtes en congé pendant deux jours. Tu ferais mieux de rester malade encore un *chouille*...

– J'y vais parce que j'ai pris une décision. Une chose à régler sans attendre.

– Et *quoi t'est-ce* ?

– Je veux voir Phélina, la prendre entre quatre yeux, et lui faire dire ce qu'elle sait sur les manigances de l'Archiduc. Elle m'a assez embobiné ! J'exige la vérité.

– Barf ! La vérité ? C'est pas une langue que cette *pinaise* a appris à parler.

– Phélina n'est pas une punaise, elle a un bon fonds.

– Ah ! Un bon fonds d'malice, *ouaille* !

Je n'ai pas fait que pleurer sur le deuil de mon père, ces derniers jours. J'ai également réfléchi au mystère que nous avons débusqué à Deux-Brumes. Ces Ratakass, cachés dans les souterrains du château, représentent une menace que je suis décidé à comprendre. Pourquoi l'Archiduc a-t-il fait venir ces rats étrangers, ennemis des Rats-des-brumes de notre contrée ? Plus inquiétant encore : je suis convaincu que les Ratakass savent manipuler des armes miniatures, comme celles fabriquées dans l'atelier que j'ai découvert l'autre nuit.

Quand je pense au mensonge que Phélina m'a servi à cette occasion, prétendant qu'elle et ses compagnons assemblaient de petits jouets pour les pauvres ! Je me demande qui est le plus à blâmer : elle, qui m'a pris une fois de plus pour un imbécile ? Ou bien moi, assez bête pour croire tout ce qu'elle raconte dès qu'elle me sourit ? En tout cas, c'est fini, je ne serai plus dupe. L'Archiduc implique Phélina dans ses projets inquiétants, et je veux qu'elle me révèle ce qu'elle en sait. La pauvre, elle n'a évidemment pas conscience de la gravité de la situation.

– Et comment qu'tu vas t'y prendre pour faire dire la vérité à ta baronnette ? Le fer rouge ? Les brodequins ? L'huile bouillante ou des *épingues* dans l'derrière ?

– Subtilité, fermeté… et peut-être un peu de charme.

Cagouille émet un son vulgaire, j'espère avec la bouche, puis éclate d'un rire qui fait s'envoler tous les oiseaux du marais. Tandis que je m'éloigne pour aller à mes cours, je l'entends ajouter derrière moi :

– Sûr qu'elle va encore t'*enquenouiller* !

Bien plus tard, après que le Collegium a fermé ses portes au son des cloches de midi, je reviens là où j'ai laissé Cagouille quelques heures avant. Il a changé de coin. Mais je le trouve facilement, en suivant le fumet des grenouilles embrochées qu'il retourne au-dessus de quelques braises. L'œil narquois, il me regarde approcher. Je m'assieds près du feu sur un fagot de roseaux ramassés pour son père, qui étanchéifie ses tonneaux avec leurs feuilles.

Cagouille détache deux cuisses d'une grenouille bien grillée. Il me les donne, puis ingurgite le corps de l'animal, morceau qu'il doit être le seul au monde à trouver appétissant. C'est seulement lorsqu'il a la bouche bien pleine qu'il se met à parler.

– *Alorss*, tu t'es montré ferme ? Tu t'es montré subtil ?

– Non.

– Avoue que tu l'as pas eue au charme non plus, *mmh* ?

– Non plus.

– Raconte ! Qu'est-ce tu y as dit ?

– Rien du tout. Je ne l'ai pas vue. Phélina a disparu.

J'esquive de justesse une tête de grenouille, à peine mâchée, qu'expulse Cagouille sous l'effet de la surprise.

– Comment ça, disparu ?

– Personne ne l'a vue de toute la semaine. Ni au Collegium, ni ailleurs. On dit qu'elle n'est même plus dans la maison de ses parents. Nul ne sait où Phélina est passée ! Pas même ses amies, qui sont d'ailleurs très inquiètes. Elle s'est volatilisée.

– Voilà pourquoi qu'l'air est plus pur à Deux-Brumes, depuis que'ques jours !

– Ne plaisante pas, Cagouille. C'est très grave.

Mon copain m'observe un moment, puis finit par mesurer l'ampleur de mon angoisse. Il quitte son air ironique pour prendre celui du grand frère qu'il est souvent pour moi.

– Allez, t'en fais pas. Y a un moyen très simple de savoir qu'est-ce qu'est arrivé à ta baronnette.

– Lequel ?

– Suffit d'aller l'demander à son père.

– Impossible ! Tu sais bien qu'il a pris ma famille en grippe. Je ne suis plus pour lui qu'un méprisable manant. Alors, me faire des confidences...

– Mais j'ai pas dit que tu lui parles, Sasha. C'est moi qui vais lui tirer les vers du nez.

– Toi, questionner le baronnet de Belorgueil ? Ce prétentieux ne daignerait même pas ouvrir la bouche pour te cracher sur les chausses.

– T'inquiète pas, j'ai une idée d'*Eugénie* ! Écoute bien, je vais t'*espliquer.*

Cagouille se rapproche puis, prenant un air de conspirateur, m'expose le plan farfelu qui lui est venu à l'esprit. Je crois tout d'abord qu'il plaisante, tant son projet est grotesque. Mais il a l'air sûr de lui. Et je n'ai pas d'autre choix si je veux enquêter sur la disparition de Phélina.

– D'accord, Cagouille. On va essayer ton plan. Mais tu te rends compte que tu risques de recevoir une bastonnade ?

– T'occupe. Rendez-vous place de la fontaine tout à l'heure, le temps que j'rassemble les affaires qu'il me faut.

– Et moi, j'apporterai un objet qui rendra peut-être ton astuce réalisable.

– C'est *quoille* ?

– Un miroir aux alouettes.

Je passe aussitôt au moulin, afin de prendre ce dont j'ai besoin pour Cagouille. Il me faut pour cela fouiller dans le trésor de mon père, le butin rutilant que Chat Noir, au cours des années, a volé à plus voleur que lui. Ma sœur, Bathilde, qui en est la gardienne, ne se laisse pas convaincre facilement d'en ouvrir la cachette. Je dois argumenter férocement avec elle avant qu'elle accepte enfin que j'y mette la main. Puis je cours vers la place de la Fontaine, ne ralentissant que le temps de passer la porte de la ville, où les gardes sont soupçonneux de tout.

Le quartier où se dresse la maison de la famille de Belorgueil est empli de sons, de couleurs et d'odeurs. Les échoppes, les ateliers des artisans et les demeures riches ou modestes s'y côtoient indifféremment. Mille bruits s'échappent des fenêtres, se mêlant à la conversation des flâneurs attirés par cette place agréable. Par moments, tout ce concert disparaît dans le vacarme d'une charrette qui passe, des sabots du cheval ou de la mule, et des jurons du charretier. À cette heure-ci, l'animation est à son comble. C'est parfait. Je peux me fondre dans la foule, je ne tiens pas à ce que le père de Phélina m'aperçoive.

Aux trois niveaux de la maison des Belorgueil, les volets sont ouverts sur les mosaïques de losanges qui constituent le vitrage. Seules les fenêtres de la chambre de Phélina, au premier étage, restent masquées derrière leurs contrevents. Rien ne prouve qu'elle ne s'y trouve pas. Peut-être est-elle atteinte d'une grave maladie que son père dissimule, par peur qu'on emmène sa fille en quarantaine, comme la loi l'oblige parfois. Ou alors... l'aurait-il punie ? Serait-elle enfermée, prisonnière chez elle ?

Soudain, une main ferme me frappe l'épaule. Derrière moi, une voix exagérément méprisante et que je connais bien s'exclame :

– 'spèce de manant, hors de mon chemin ! Où que j'te fais jeter dans un cul-de-basse-fosse rempli d'*merdre* jusqu'au *nombrille*.

– Bien, monseigneur ! ironisé-je avec une courbette. Pardonnez-moi, Votre Altesse.

– Ah ah ! Avoue que tu y as cru un instant, hein ?

Même si je m'y attendais, voir apparaître Cagouille déguisé en noble manque de me faire éclater de rire. Cependant, je me retiens pour éviter d'attirer l'attention. Il est tordant, dans cette tenue. Le beau pourpoint de velours grenat ainsi que les chausses assorties qu'il a enfilées, ont été empruntés à la corbeille de sa sœur, qui est lavandière. Celle-ci gagne sa vie en lavant les vêtements des riches de Deux-Brumes. Il n'a pas été difficile à Cagouille de piocher dans le tas d'habits qu'elle doit nettoyer. Cependant, son déguisement est loin d'être parfait. Le pourpoint et les chausses, quoique froissés et malpropres, peuvent faire illusion. Mais les chaussures rafistolées à ses pieds sont les mêmes horreurs qu'il porte habituellement, pas même nettoyées.

Quant au couvre-chef qui enserre sa tignasse rouquine, c'est un chapeau de son père dans lequel il a planté quelques plumes dérobées au croupion d'un malheureux coq. Pas très convaincant…

– Parfait, non ? Qu'est-ce t'en penses ? déclare Cagouille en tournant sur lui-même.

– Que jamais le père de Phélina ne te prendra ainsi pour un fils de la noblesse.

– Bah ! T'es jaloux de ma prestance naturelle.

– Ne te fâche pas, j'admire ton style. C'est juste qu'il te manque l'essentiel. Viens, je vais te donner ce qu'il faut.

Je l'entraîne dans la minuscule ruelle, obscure et malodorante, qui sépare la maison des Belorgueil de celle d'à côté. D'ici, je pourrai espionner discrètement Cagouille en train de faire son numéro. Mais avant, je lui confie quelques bagues précieuses qu'il enfile en sifflant d'admiration, ainsi qu'une bourse brodée d'or qu'il met à sa ceinture et, surtout, un énorme pendentif de pierreries qui vaut une véritable fortune.

– C'est ton miroir aux alouettes ? Purin ! Sûr qu'avec ça autour du cou il va m'prendre pour un richasse.

– Bathilde m'a dit que notre père a volé ce collier à un prince oriental de passage avec sa suite. Aucune chance que le baronnet de Belorgueil l'identifie. Par contre, il n'en va pas de même pour ta bouille ! Il a dû te croiser bien des fois dans la rue. Tu ne crois pas qu'il risque de te reconnaître ?

– Un manant comme moi ? J'suis transparent pour lui. Même si j'y tenais son seau à pisser tous les matins au réveil, y m'reconnaîtrait pas pour autant.

– Si tu le dis. Allez, je ne bouge pas de ce coin. Bonne chance, mon vieux.

– Te bile pas, observe le talent. On va savoir où c'qu'elle est passée ta Phélina.

De ma cachette, j'observe Cagouille qui monte en se dandinant les marches vers la porte cloutée à laquelle il frappe. C'est une servante qui ouvre, une rougeaude en tablier que je n'avais jamais vue. Tiens, c'est curieux. Du nouveau personnel, chez le baronnet de Belorgueil ? Lui qui, ruiné, a renvoyé ses domestiques un à un, jusqu'à ne garder qu'une vieille bonne qu'il payait avec l'air qu'elle respirait.

Elle fait maintes courbettes à Cagouille qui l'envoie chercher son maître. Tandis qu'elle disparaît, laissant l'huis entrouvert, mon copain me lance une grimace, puis prend un air d'importance en entendant approcher les pas du baronnet. Celui-ci devait être en train de manger. Il essuie ses mains sur sa bedaine, puis se campe devant sa porte en toisant Cagouille, l'air perplexe. Son regard, sous des sourcils agités, parcourt son visiteur de la tête aux pieds sans trouver où se poser.

– Vous souhaitiez me voir ? Qui êtes-vous ?

– Bien l'bonjour, cher baronnet. Je suis l'fiston du comte de la Margoulette, un bon *z*'ami à votre fille Phélina. Je *viendais* aux nouvelles pour cause qu'on l'a pas vue au Collegium depuis un moment et on s'inquiète pour elle.

Le père de Phélina prend un peu de recul, plisse ses yeux soupçonneux, et renifle avec mépris.

– Un ami de ma fille ? Et comte, de surcroît ? À d'autres ! Vous n'avez pas plus le style de l'un que de l'autre. Ni l'odeur, d'ailleurs. Du balai ! J'ai horreur des plaisantins.

Le baronnet va pour fermer sa porte. Mais il interrompt son geste lorsque Cagouille part d'une colère qui sonne vraiment sincère.

– Depuis quand qu'un baronnet en remontre à des comtes ? Et pis, c'est comme ça qu'on accueille un fidèle *admirant* de vot'fille ?

– Mais...

– Je viens vous voir, *mariné* d'bons sentiments, et on me claque la porte au nez ! À moi, comte de la Margoulette ! Traité comme un nain !

– Un... un nain ? bredouille le père de Phélina qui ne sait plus quoi penser.

– Oui, môssieur ! Comme un *nain posteur*, précisément !

Caché derrière mon angle de mur, je pouffe de rire. Mais je commence à craindre que la plaisanterie ne tourne mal. On n'usurpe pas des titres de noblesse en toute impunité, dans notre royaume.

Le baronnet, quoique confus, ne perd rien de sa méfiance. Mais Cagouille, pris d'une inspiration, saisit le magnifique pendentif du collier que je lui ai confié et le brandit sous le nez de son interlocuteur.

– Vous me prenez pour un paysan, peut-être ! Et ça, c'est un collier de crottes de lapin ?

Les yeux soudain capturés par le bijou en forme d'étoile, fasciné par le chatoiement des pierres colorées qui encadrent ses diamants, le père de Phélina se fige. Sa bouche s'entrouvre, et son visage s'éclaire à la vue des reflets du joyau. Lorsque Cagouille le repose sur son torse, le baronnet semble convaincu, et visiblement désolé d'avoir douté de la qualité de son visiteur. Il lui propose même d'entrer dans sa demeure.

– Non point, non point ! jubile Cagouille. Donnez-moi juste des nouvelles de votre fille et j'vais pas vous déranger davantage.

– C'est que Phélina, voyez-vous... Je ne suis pas censé en parler. C'est très délicat.

– Elle est malade ? Des gros boutons qu'elle veut pas qu'on voie, peut-être, prétentieus... euh... coquette comme elle est ?

– Vous n'y êtes pas. Hélas ! je ne peux rien révéler... Sinon qu'il est déconseillé de s'enquérir de ma fille. Je mets sérieusement en garde ceux qui se mêleraient de ses affaires ou répandraient des rumeurs.

Le baronnet s'énerve, il a l'air bien embêté. Quant à moi, je suis soudain inquiet, car j'aperçois deux livreurs qui déchargent un buffet de leur charrette, puis le portent vers la maison des Belorgueil. C'est un meuble magnifique, en bois rare, orné d'une marqueterie d'ivoire et d'ébène finement travaillée. Or, ces deux ouvriers, je les reconnais, ils transportent souvent des tonneaux pour le compte du père de Cagouille.

– Ah ! soupire le baronnet, soulagé que la conversation soit interrompue. Du précieux mobilier que j'attendais. Admirez, cher comte, cette merveille d'ébénisterie que je viens d'acquérir à grands frais.

– Purin, la belle commode !

Le père de Phélina fait entrer les livreurs, appelle son épouse pour qu'elle se charge de les guider, et revient à Cagouille sur le seuil de la porte.

– Vous n'avez rien vu ! se rengorge le baronnet. Ça n'est qu'une pièce parmi bien d'autres que j'attends encore, toutes aussi précieuses. J'ai décidé de remeubler ma maison, sans regarder à la dépense. J'y veux être dans le plus grand confort, avant de retourner vivre sur mes terres. Les travaux de rénovation de mon château commenceront bientôt, mais il faudra longtemps aux architectes que j'ai engagés pour lui rendre son prestige.

Il devrait dire « pour le rendre habitable ». Tout le monde sait que le petit château des Belorgueil, situé près de Deux-Brumes, est une véritable ruine. C'est pour cette raison que le baronnet, sa femme et Phélina sont venus vivre en ville. Et voici que, soudain, il dispose d'une fortune suffisante pour financer sa reconstruction ? Et il achète des meubles luxueux ? Lui qui, il y a quelques semaines, était dans la gêne au point de vouloir soutirer de l'argent à mon père !

Les deux ouvriers ressortent de la maison, essuyant leurs fronts en sueur. Généreusement, le baronnet de Belorgueil leur fait tomber quelques pièces dans le creux de la main. Mon Cagouille, qui bien sûr les a reconnus, s'efforce de cacher sa bouille en se mouchant dans sa manche. Pas très malin, car le son de trompette qui en résulte attire vers lui l'attention des deux gars. Aussitôt, ils l'identifient et s'exclament :

– Ça alors ! T'as vu qui c'est ?

– Pas possible. Mais c'est lui ! En carnaval !

– Vous… connaissez M. le comte ? intervient le baronnet.

En guise de réponse, les livreurs éclatent de rire, tant et si fort que l'un d'eux doit s'asseoir, et que l'autre manque d'étouffer. Puis, leur fou rire se calmant, ils aperçoivent la figure du baronnet qui les observe en tapant du pied. L'envie de s'esclaffer leur passe aussitôt.

– Messire, mais c'est Cagouille !

– Le comte de Cagouille ?

– Meuh non, Cagouille tout court. Le fils du tonnelier.

– Quoi ? Un manant ? J'en étais sûr ! gronde le père de Phélina.

Comme s'ils venaient d'entendre le tonnerre, les ouvriers s'empressent de déguerpir avant que l'orage éclate. Cagouille se retourne pour les invectiver, défendant encore son honneur de « comte » dans un concert de jurons qui n'ont pourtant rien d'aristocratique. Ce faisant, il présente sa partie arrière au baronnet qui en profite pour y appliquer un puissant coup de pied !

Cagouille s'en trouve propulsé au bas des marches, faisant de grands moulinets pour ne pas tomber. Son élan l'entraîne encore plus loin, jusqu'à la fontaine. Il s'affale dans le bassin en éclaboussant copieusement les passants tout autour. L'hilarité est générale. Moi aussi, tout en restant caché, je ne peux m'empêcher de rigoler. Même le baronnet de Belorgueil semble trouver la chose plaisante. Sa colère laisse place à un grand amusement. Et c'est en éclatant de rire qu'il rentre chez lui.

Mais à peine refermée, sa porte s'ouvre à nouveau et l'homme réapparaît pour lancer à Cagouille :

– Tu as de la chance que je sois de bonne humeur, vilain, et qu'il m'ait plu de donner la réplique à ta farce ! Quant à ton collier de bazar, au premier regard mon œil expert a reconnu de la verroterie. Allez, il est bon d'amuser parfois la populace ! Mais un peu suffit et, si je te revois ici, la prochaine fois il t'en cuira.

Sur ce, il jette une poignée de piécettes vers Cagouille et disparaît pour de bon. Ouf ! Ce gros plein de soupe préfère laisser croire qu'il a joué le jeu, plutôt que de reconnaître qu'un manant l'a dupé. Cagouille ne s'en tire pas si mal, mis à part la sainte horreur qu'il a d'être plongé dans l'eau.

De crainte d'être aperçu depuis la maison Belorgueil, je file discrètement sans aider mon copain à sortir de son bain. Quelques rues plus loin, il me rattrape, trempé, dépité, laissant une flaque derrière lui à chaque pas.

– Deux bains en moins de dix jours ! se lamentet-il. Cette fois, ch'uis lavé pour le restant d'ma vie. Et pour des nèfles, en plus !

– Ton stratagème nous a au moins fait découvrir que le baronnet de Belorgueil est soudainement devenu riche.

– Et *alorss* ? Quel rapport avec la disparition de ta Phélina ?

– Je ne sais pas, mais j'entends bien le découvrir. Mon instinct me dit que ça n'est pas une coïncidence.

– *Pass'que* t'as de l'instinct, maintenant ?

– Bien sûr que j'en ai. Comme tous les chats, mon vieux. Comme tous les chats !

11

M. Crapoussin

Bathilde reprend les bagues que j'avais prêtées à Cagouille pour sa supercherie. Elle les enfourne dans la poche de son tablier de cuir, et les remettra plus tard dans le trésor familial.

– Il manque le collier, où est-il ?

– J'en ai fait cadeau à Cagouille. Un souvenir, en remerciement d'avoir pris des risques pour m'aider.

– Un souvenir ? Ce bijou qui vaut dix fois la tonnellerie de sa famille et notre moulin avec ? Mais tu es fou ! Si quelqu'un le découvre ?

– On croira que c'est de la pacotille, du verre coloré. Et puis, il m'a promis de toujours le garder contre son cœur, sous sa chemise.

– Là, j'avoue que ça découragera quiconque d'aller l'y dégoter.

Elle soupire et remue une lame d'acier qui rougit dans la forge. Les flammes colorent son visage, noirci par la fumée, où ressort le blanc de ses yeux.

– Sasha, tu es comme notre père, tu ne sais pas ce qui a de la valeur.

– Si : l'amitié, le courage et la liberté.

– C'est bien ça. Com-me-ton-père !

Elle se met à frapper sur l'enclume, projetant des gerbes d'étincelles à chaque coup. J'attends patiemment que le vacarme se termine. Enfin, elle semble satisfaite et plonge l'épée en train de naître dans une bassine d'eau qui crache un nuage de vapeur.

– Mes gants-griffes sont prêts ? J'en ai besoin ce soir.

– Bien sûr qu'ils sont prêts. Contrôlés, réparés, huilés et graissés. Ton devoir, c'est de les enfiler. Le mien, c'est qu'ils soient toujours prêts à fonctionner.

Bathilde va chercher le coffret contenant les gants-griffes et me l'apporte. Puis, sans rien demander sur mes projets, elle retourne à son labeur. J'aime autant ça. Pas sûr qu'elle approuverait mon idée d'aller fouiner dans la maison des Belorgueil, pour enquêter sur la disparition de Phélina. Oh, ça ne m'enchante pas de devoir m'introduire chez elle comme un voleur ! Mais j'apaise ma conscience, car c'est mon unique chance d'obtenir des indices.

Je fourre dans la cheminée du salon une bûche épaisse qui brûlera jusqu'au soir. Devant, j'installe des coussins sur lesquels je me pelotonne douillettement. Je compte dormir tout le reste de la journée.

Cette nuit, quand je sortirai avec la lune, j'aurai besoin de toutes mes forces.

Bien plus tard, le hululement d'une chouette annonce l'apparition des étoiles. Elle me réveille et je m'empresse de revêtir ma seconde peau. Comme c'est bon de redevenir Chat Noir ! D'abord, ma veste spéciale, avec sa capuche étroite qui masque mon visage, et ses poches intérieures, réceptacle à butin, où je glisse une torche-bâtonnet. Ensuite, ma ceinture, à laquelle est attachée ma dague, ainsi que le petit étui de cuir contenant mon précieux croque-serrures. Et pour finir, j'enfile mes gants-griffes, avec une émotion presque religieuse, comme le fit mon père tant de fois avant moi. Quand mes mains sont installées dans la fine cotte de mailles, et les manchons de cuir sanglés sur mes avant-bras, j'écarte brusquement les doigts. Les griffes jaillissent comme l'éclair ! Puis je serre fort les poings pour les rétracter et les bloquer dans leurs logements. Mes paumes de cuir souple redeviennent pattes de velours.

Être enfermé entre quatre murs m'est tout à coup intolérable. L'envie de courir les toits sous le ciel nocturne m'envahit. Je file vers l'atelier, où se trouve le passage secret qui conduit discrètement loin du moulin. Près de la forge tiède, ma sœur est occupée à gainer d'un lacet de cuir la poignée de l'épée qu'elle a terminée.

– Je suis pressé. Ferme le passage secret derrière moi, veux-tu ?

– A'ends une 'inute !

Bathilde crache le bout de lacet qu'elle tirait entre ses dents et poursuit :

– Tu peux me répéter ça ?

– Ferme le passage secret derrière moi… s'il te plaît ?

– *Tsss…* Ça ne va pas du tout.

Elle hoche la tête et reprend son ouvrage.

– De quoi est-ce que tu parles ?

– Ta voix, elle ne colle pas avec le personnage. On dirait une panthère qui miaulerait comme un chaton. Un conseil, Sasha, ferme ton bec quand tu es Chat Noir. À te voir, tu fais peur, mais à t'entendre… tu ferais plutôt rire.

C'est vrai, ma voix est assez fluette et manque cruellement d'autorité. Bathilde a raison, mais sa remarque me blesse quand même. Je sors et rentre mes griffes avec humeur, puis disparais dans le tunnel qui mène sous le petit pont.

Il me faut peu de temps pour rejoindre Deux-Brumes et franchir la faille dans les remparts, cachée par la végétation, qui donne sur le vieux cimetière. À l'intérieur de la ville, les rues sont endormies. Mais pas les maisons dont les fenêtres luisent encore de la lumière des chandelles. Il est trop tôt pour « visiter » la demeure des Belorgueil. Tant mieux, j'ai d'abord besoin de me dégourdir les membres.

En quelques coups de griffes, j'escalade un bâtiment à proximité, puis passe de toit en toit jusqu'à gagner le point culminant du quartier. De là, au sommet d'une tourelle, j'ai une vue plongeante sur les rues tortueuses jalonnées de lanternes. Elles semblent tisser une toile, comme celle d'une araignée, dont le château de l'Archiduc de Motte-Brouillasse serait le cœur.

Un tapage provenant de la porte Nord trouble soudain le murmure de la nuit. Je quitte mon perchoir, plongeant dans le vide qui me sépare d'une auberge au toit de chaume où j'atterris avec une roulade. Puis je me laisse glisser dans une ruelle obscure. Elle me mène jusqu'au rempart. Je grimpe sous les créneaux et longe la corniche vers le lieu de l'esclandre. Un des gardes qui surveillent l'entrée de la cité est en train d'aboyer :

– On ferme les portes, nabot ! Déguerpis avec ton bazar. Reviens demain ou va au diable.

– Jé souis M. Crapoussin, laissez-moi passer ! Démain, jé donné lé plous grrrand spectaclé dou royaume dans votré cité. Il faut qué jé sois là avant l'aube pour tout préparer !

– Une fois les portes fermées, on n'a pas le droit de les rouvrir de la nuit, même pour la reine. C'est la loi. Disparais !

– Mais elles né sont pas encore closes, vos mauditès portes !

– On est en train de fermer. C'est tout comme.

C'est la roulotte multicolore du Cirque des Rats ! Celle que Cagouille et moi avons vue passer la semaine dernière, tirée par le même cheval blanc. Quand je vais lui dire que le spectacle est pour demain, il va sauter de joie. Du moins, si ces idiots de gardes veulent bien laisser entrer l'attelage et le petit bonhomme qui le mène. Ils font preuve de fort mauvaise volonté. En effet, ils ont à peine commencé à pousser les portes de la ville qui sont encore largement entrouvertes.

– Et d'abord, qu'est-ce qu'il y a dans ta roulotte, saltimbanque, hein ?

– Mon matériel dé scène, rien d'interdit, rien dé dangéreux.

– Mouais ? On va voir ça. Descends, je vais inspecter.

M. Crapoussin saute au bas de sa roulotte. Son visage plein de rides, encadré de favoris gris et touffus, se plisse d'une grimace agacée. Le second garde s'approche de lui. Sa silhouette imposante met en évidence la toute petite taille de Crapoussin, même pas celle d'un enfant de dix ans. La moindre hauteur du personnage est cependant doublée par son chapeau démesuré, en forme de tuyau évasé vers le sommet. Le couvre-chef est aussi grand que celui qui le porte.

En passant le flanc de la roulotte, la lanterne du soldat fait surgir de l'obscurité la grande peinture qui l'orne : un superbe Rat-des-brumes en couleur, large de trois coudées[1], surmonté de l'inscription *Le Cirque des Rats*. Il pousse un sifflement de surprise, tire son épée et entre dans le véhicule par la porte à l'arrière.

Le pire est à craindre s'il découvre, à l'intérieur, les nombreux rats qui doivent former la troupe du cirque miniature. Pourtant, M. Crapoussin n'a pas l'air inquiet. De mon point d'observation, au sommet du rempart obscur, je le vois ôter tranquillement son chapeau, plonger dedans le bras jusqu'à l'épaule et y fouiller en tirant la langue. Il finit par en extirper une longue pipe fichue comme une trompette. L'œil malin, il se recoiffe, l'allume, et commence à cracher un chapelet de nuages de fumée.

Soudain, je fais volte-face, toutes griffes dehors, prêt à me défendre ! On vient de me toucher la

1. Environ 1,50 m.

cuisse. D'abord, je ne distingue rien. Puis deux yeux dorés lumineux apparaissent devant moi, leurs pupilles en ogive plus noires que la nuit. Je rétracte les griffes de ma main droite et l'approche de la bête.

– *Mrrrou !* fait-elle en se frottant contre ma jambe.

– Mama Pouss ! Tu m'as fait peur.

La chatte profite de ma position accroupie pour me grimper dessus. Elle frotte gentiment son museau contre le mien – je veux dire, contre mon nez – puis s'installe pour surveiller la scène qui se déroule en dessous de nous. Quel bonheur de la revoir ! Chère Mama Pouss, la plus sage, la plus courageuse, la plus intelligente des minettes. Et meilleur professeur que tous ceux que j'ai eus au Collegium.

Le garde ressort de la roulotte, avec l'air satisfait de celui qui vient de faire une bonne prise. Son collègue l'interpelle :

– Alors, tu as trouvé quelque chose ?

– Et comment ! J'ai trouvé ça !

Sa main gantée de cuir brandit une bouteille ventrue où s'agite un liquide transparent.

– Du tord-boyaux de première classe ! précise-t-il. Le flacon est plein jusqu'au goulot.

– Il n'est pas défendou dé boire dé l'eau-dé-vie à Deux-Broumes, si ?

– Dieu merci, non ! Mais ça, espèce de lutin, c'est

la taxe à payer pour nous donner la peine de te faire entrer après l'heure. Alors ?

– Alors, d'accord, espècé dé brigand ! Gardé la bouteille et pouisses-tou t'étouffer en la bouvant.

Les gardes rigolent et ouvrent les battants tout en grand. Puis ils laissent pénétrer l'attelage de M. Crapoussin, le saluant au passage de courbettes moqueuses. Ce dernier affiche une mine fâchée, comme s'il venait de se faire escroquer. Mais une étincelle de malice dans ses yeux me laisse penser qu'en réalité les choses se sont déroulées à sa convenance.

Les portes de la ville se referment dans un bruit sourd. L'attelage du Cirque des Rats entre dans la cité, ses roues résonnant sur le pavé désert. Alors, Mama Pouss s'étire, descend de ma cuisse et miaule un signal. Tout autour de nous se fait entendre un frémissement, celui d'une multitude de petites pattes sur la pierre. Sortis de nulle part, dix, vingt, trente Rats-des-brumes surgissent et m'entourent !

La chatte quitte souplement le rempart. En quelques bonds, elle se retrouve sur un mur, puis dans la rue. Un instant plus tard elle a rejoint le véhicule de Crapoussin et s'installe sur le toit. La petite troupe de rats trottine à sa suite, discrètement, sans quitter l'ombre. Bientôt, ils atteignent la roulotte et, en un instant, disparaissent à l'intérieur, y entrant simultanément par toutes les ouvertures possibles.

Sa compagnie au complet, M. Crapoussin presse le pas de son beau cheval et se met à siffler une chanson. J'attends qu'il disparaisse au bout de la grand-rue et que le silence de la nuit s'étende à nouveau sur le quartier. Deux-Brumes s'endort. L'heure est idéale pour aller enquêter chez Phélina.

III

Le profil d'or

Quand on pense à tous les efforts des riches citadins pour barricader leurs demeures, il y a de quoi rire. Barreaux, multiples serrures, panneaux bardés de clous et de fer… Ils s'imaginent aussi bien protégés que le nombril d'un chevalier en armure. Quelle blague ! Pour s'introduire chez eux, inutile de forcer les gros verrous de leurs portes. Pas la peine de s'échiner sur leurs volets renforcés de métal. Il suffit de monter sur le toit, d'en retirer quelques tuiles et de se laisser glisser entre les poutres ! Évidemment, n'importe quel voleur n'ira pas voltiger au faîte des hautes maisons. Mais Chat Noir n'est pas n'importe quel voleur.

Suivant cette méthode, je me retrouve en un clin d'œil dans le grenier des Belorgueil. La clarté lunaire se répand par l'ouverture que je viens de pratiquer au plafond. Elle éclaire un fatras poussiéreux, gardé par des araignées qui n'ont pas été dérangées depuis une éternité. Avant qu'elles s'y installent, ce devait être une chambre de domestique. Mes griffes tranchent un passage dans les toiles collantes, jusqu'à une porte basse qui s'ouvre en gémissant. Derrière, un vieil escalier me conduit à l'étage habité, où le sol garni de tapis étouffe mes pas.

Je ne connais ce bâtiment que de l'extérieur. Cependant, pour avoir aperçu souvent Phélina à sa fenêtre, je dois pouvoir repérer sa chambre. La première porte que je passe est à éliminer d'office. Les ronflements porcins qui résonnent derrière émanent forcément du gosier des parents. La suivante, du bon côté de la rue, est logiquement celle que je cherche. Phélina s'y trouve-t-elle ?

Pas question de frapper, au risque d'éveiller les ronfleurs. Mais j'aimerais ne pas risquer de la surprendre dans son sommeil. L'oreille collée contre la porte, j'écoute ; pas un bruit, pas une respiration. Je sors deux griffes et gratte doucement ; aucune réaction. Finalement, j'entre et referme derrière moi.

Malgré l'obscurité, je sais tout de suite que la pièce est déserte. En témoigne la cheminée éteinte, en cette nuit humide du mois du Pardon, dernier de l'automne et qui sent déjà l'hiver. Je brise un morceau de torche-bâtonnet et le frotte contre ma semelle. La chambre s'illumine. Pas de doute, c'est bien le nid de Phélina. Mais l'oiseau s'est envolé.

Sa table de toilette vide d'onguents, de peignes ou de bijoux, laisse penser qu'elle est partie pour longtemps. Le coffre au pied de son lit s'ouvre sans que j'aie à sortir mon croque-serrures. Il est vide, lui aussi, à l'exception d'un vieux ruban et de quelques boutons. Pas le moindre vêtement dans la pièce, pas une paire de chaussures. Partie pour longtemps, disais-je ? Partie pour de bon semble plus exact.

Je soulève l'oreiller ; peut-être a-t-elle laissé un message dessous. Hélas ! je n'y découvre que les effluves du parfum de Phélina. Cette douce odeur me fait ressentir tout ce qu'il y a d'indiscret à fouiller dans la chambre, même abandonnée, d'une jeune fille. Je quitte aussitôt les lieux.

En approchant l'escalier, je manque de trébucher sur la servante qui, dans la journée, avait ouvert la porte au « comte » Cagouille. Elle dort sur une paillasse déroulée à même le sol. Épuisée par une journée de dur labeur, rien ne semble pouvoir la réveiller. Je l'enjambe et poursuis sans un bruit.

Le rez-de-chaussée s'avère plus intéressant à explorer que l'étage. Contrairement aux maisons de ville plus modestes où l'on mange, travaille et parfois dort dans le même espace, il est divisé en plusieurs pièces. J'y découvre d'abondantes preuves de la nouvelle fortune du baronnet de Belorgueil :

riches tentures, meubles précieux, fauteuils ouvragés et, dans le dressoir[1], de la vaisselle luxueuse juxtaposée à quelques plats ébréchés pas encore remplacés.

La cuisine et son garde-manger sont eux aussi richement garnis. Mais je m'intéresse davantage au bureau personnel du père de Phélina. Sur la table de travail s'étalent des plans et des notes d'architecte concernant la reconstruction de son château familial, et même un projet d'irrigation de ses terres. Le baronnet ne se vantait donc pas ! Mais d'où tient-il tout cet argent ? Rien de ce que je vois ici n'en indique la source.

Perplexe, je regagne la pièce principale, jusqu'à la cheminée pour y jeter le bout de torche-bâtonnet qui achève de brûler entre mes doigts. C'est alors qu'une espèce de monstre de poche me cause la pire frayeur que j'aie jamais eue !

Endormi devant les braises qui couvent, j'ai l'impression qu'il ne remarque pas ma présence. Mais lorsque je m'approche, le petit démon saute sur ses pattes, darde sur moi des yeux globuleux, retrousse ses babines et montre ses petits crocs pointus. Il grogne, puis se met à japper, frénétique, la mâchoire menaçante, aussi haineux que si j'étais responsable

1. Meuble où l'on range la vaisselle.

de l'avoir fait aussi laid. C'est un petit roquet empanaché, chien d'agrément que seuls les riches peuvent s'offrir et soigner. *Shhh !* craché-je vers lui, ce qui le fait glapir de plus belle.

Déjà, j'entends réagir à l'étage. Je ne crains pas le molosse miniature. S'il ose mordre mes gants-griffes, il en sera quitte pour renoncer aux os et laper du potage. Ce qui m'affole, c'est la perspective de me retrouver nez à nez avec le baronnet. Brusquement me vient une idée pour détourner de moi et l'attention du cabot, et celle de ses maîtres.

Vite, je fonce dans la cuisine, où la fenêtre donnant sur le jardin laisse entrer les rayons de la lune. Sur un meuble se trouve une sorte de cage dont les parois en tissu protègent des restes de victuailles. Je place le garde-manger par terre, sur le flanc, comme s'il était tombé. Et, d'un coup de griffe, je fends la membrane protectrice. Le toutou, qui m'a suivi jusque-là, m'oublie instantanément et se jette sur ce festin inattendu. J'en profite pour retourner dans la grande pièce et me glisser derrière une vieille armure qui garde l'angle d'un mur. Le baronnet de Belorgueil déboule à cet instant au bas de l'escalier, une masse d'armes à la main. Voyant la porte de la cuisine ouverte, il s'y engouffre. De l'étage supérieur, la voix tremblante de sa femme se fait entendre :

– Mon ami ? Que se passe-t-il ?

– C'est un voleur ! Mais il n'y a rien à craindre, rejoignez-moi à la cuisine. Je tiens le coquin par la peau du cou.

– Un… voleur ? Chez nous ? Ah ! l'infâme gredin ! Retenez-le ! Appelons des gardes ! Qu'il soit pendu !

– Voulez-vous que je lui donne un coup de masse sur le crâne, pour le faire patienter ?

– Mais oui ! Allez-y donc ! Il sera bien servi ! Attendez-moi, je descends.

J'entends glousser le baronnet dont l'ironie révèle qu'il n'aime pas beaucoup ce petit chien de salon. Dès que sa femme le rejoint, volumineuse poupée en chemise de soie, elle s'exclame avec indignation :

– Oh ! mais c'est vous le gredin ! Voulez-vous bien lâcher le pauvre petit bébé à sa maman ?

– Le pauvre petit bébé à sa maman est une sale bête qui vient de nous manger trente deniers de victuailles.

– Et alors ? C'était qu'il avait faim, le 'tit bichon. Et il a su pousser la porte touuut-seul-tout-seul.

– C'est ma foi vrai.

Le baronnet a pris un ton soupçonneux. Mais il se rassure :

– La servante l'avait probablement mal refermée. Elle ne fera pas long feu chez nous, celle-ci.

– Et qu'y n'était n'adroiiit pour faire tomber le

garde-manger avec ses titites papattes. Ouh, si c'est intelligent !

– Ça, on connaît certaines femmes qui le sont moins que lui.

– Vous dites ça pour moi ? s'offusque la dame.

– Je dis : allons nous recoucher.

– Soit ! Mais je monte Perceval dans la chambre. Il dormira avec nous ! Vous l'avez terrifié, le pauvre petit namour.

– Parfait. Avec un peu de chance, vous l'écraserez dans la nuit en vous retournant.

– Mufle !

Comment deux êtres si peu gracieux ont pu engendrer une personne raffinée comme Phélina, voilà qui me dépasse. La mère remonte prestement avec son toutou dans les bras. Elle est d'humeur bien futile, pour une femme dont la fille unique semble avoir disparu. Le baronnet grimpe lentement les marches derrière elle. À mi-chemin, il s'arrête, renifle avec suspicion, et redescend inspecter le rez-de-chaussée, la masse d'armes bien en main. L'inconvénient des torches-bâtonnets, c'est qu'elles laissent une odeur de résine brûlée. Heureusement, il ne me débusque pas, et finit par remuer les cendres dans la cheminée, décidant que l'odeur âcre doit provenir de là.

Ensuite, au lieu de monter rejoindre son épouse, il

entre dans son cabinet de travail et disparaît à ma vue. Intrigué, je m'approche à pas de loup, gagnant dans l'ombre une tenture derrière laquelle je m'efface. Le baronnet a déjà inspecté ce coin, il n'y reviendra pas. Et, d'ici, je peux l'observer.

Contre un mur du cabinet se trouve un beau miroir encadré, rond et bombé. Toute la pièce alentour s'y reflète en miniature. Le baronnet place les mains sur le cadre, qui ressemble à une roue dentée, et le fait tourner sur lui-même. Un déclic ponctue la manœuvre. Puis il jette un coup d'œil derrière lui et, certain d'être seul, fait basculer le miroir, révélant une niche sombre creusée dans le mur. Il en inspecte le contenu, dont je ne peux rien distinguer. Finalement, le maître des lieux paraît rassuré. Il chantonne un petit « bon, bon, bon ! » en refermant sa cachette, se frotte les mains joyeusement, puis se décide à retourner au lit.

Figé, retenant mon souffle, je le regarde passer à deux pouces de moi. Après qu'il a monté sa bedaine au sommet de l'escalier, sans manquer d'invectiver la servante au passage, la lumière de sa bougie disparaît et me laisse dans l'obscurité. J'attends ainsi, comme une statue, que la maison se rendorme. Malgré le froid qui pénètre la nuit, une fine sueur recouvre mon corps. L'immobilité n'en est que plus inconfortable.

Après une éternité, je sors de ma cachette et décide d'inspecter le cabinet de travail du baronnet de Belorgueil. Mes yeux se sont habitués à la pénombre. Pas besoin de lumière pour trouver le fameux miroir. Sa surface convexe capture les lueurs d'une lanterne de la rue, qui filtre par les volets.

Les gestes exécutés par le père de Phélina sont faciles à reproduire. À mon tour je déclenche le *clic !* qui libère l'ouverture de cette cache astucieuse. Je m'apprête à y glisser le bras, mais mon instinct interrompt mon geste. Grand bien m'en prend ! Une plume d'oie, empruntée à la table de travail, que j'y introduis à la place, déclenche un méchant piège qui la tranche en trois morceaux. Les mailles des gants-griffes auraient protégé le dessus de ma main. Mais ma paume, couverte de cuir fin, aurait été fendue comme du lard par la lame surgie en dessous.

Un petit bout de torche-bâtonnet s'impose. À sa lumière, je découvre trois gros coffrets identiques, rangés les uns derrière les autres dans la profondeur de la cavité. Une forte chaîne parée d'un cadenas énorme les solidarise, tout en les emprisonnant à de solides anneaux scellés dans la paroi. Voici venu le moment de vérité pour le croque-serrures fabriqué par mon père. Il ne s'agit pas là d'un quelconque verrou, mais d'une fermeture conçue pour être le cauchemar des meilleurs crocheteurs. Je doute que le petit outil paternel soit à la hauteur d'un tel défi.

Où que tu sois, mon très cher père, au paradis des chats ou dans l'enfer des hommes, pardonne-moi d'avoir douté de ton ingéniosité. Le croque-serrures, à peine introduit, fait entendre une série de cliquetis délicats et tourne aussi facilement que s'il était enfoncé dans une motte de beurre. Le cadenas cède, s'ouvre, et tombe pesamment avec la chaîne libérée.

Je m'empare du premier coffret, infiniment plus lourd qu'il n'y paraît, et le dépose sur la table. Son propre cadenas n'oppose pas plus de résistance que le précédent. Prudent, j'ouvre le couvercle du bout d'une griffe, me plaçant sur le côté par crainte d'un autre piège. Mais rien ne se déclenche et j'approche ma lumière. Le contenu renvoie puissamment sa clarté, éclaboussant le plafond et les murs d'éclats brillants comme l'eau sous le soleil. C'est le reflet d'un panaché de pièces d'or et d'argent dont la cassette est pleine à craquer. Des pièces étonnantes ! Bien plus larges que les écus et ducats ayant cours dans le royaume[1]. Bien plus épaisses, aussi.

J'examine ces monnaies de plus près. Elles viennent de très loin, c'est évident. Une face présente des armoiries étranges : un disque traversé par un

1. On nomme ainsi le pays auquel Deux-Brumes appartient.

éclair. Une formule incompréhensible est gravée sur le pourtour, accompagnée d'une date qui ne correspond pas à nos années.

L'autre côté est saisissant. On y trouve un profil stylisé, taillé avec finesse. Ce qui me choque, c'est l'expression que l'artiste a donnée à ce visage. Sur un menton autoritaire, la bouche s'étire en un sourire sans joie. L'œil, comme une fente, lui donne un air de cruauté lointaine. Il émane de cette image un effet menaçant, loin de l'expression bienveillante que les puissants aiment afficher sur leurs monnaies.

Sous le portrait de cet étranger, en grands caractères, on peut lire ce qui doit être son nom : PЯĬNZ VIḰTĂЯ. Je plonge la main dans le coffret et empoche une poignée de pièces.

– Sale voleur ! Bouge seulement un orteil et tu es mort !

Le baronnet de Belorgueil apparaît dans l'encadrement de la porte. Il a troqué sa masse d'armes contre une immense hallebarde dont il tient le manche en tremblant. La lame aiguë se balance dangereusement à une coudée de mon visage. Évidemment ! Comment ne m'en suis-je pas douté ? Le piège dans la cachette a dû déclencher une alarme à l'étage. Le temps d'enfiler ses chausses, un plastron de cuir, et de trouver le courage de défendre son trésor, et voici le père de Phélina soudain changé en héros.

Un héros bien terrifié, cependant. Je pense que de nous deux, c'est lui qui a le plus peur. Les griffes de ma main gauche surgissent. Je les place devant moi, prêt à dévier le coup qu'il pourrait me porter. À cette vue, le baronnet fait un geste de recul et pousse un petit cri. Ma torche-bâtonnet est la seule source de lumière qui nous éclaire ! Je l'enfonce dans les pièces du coffret et nous voici plongés dans le noir.

Sans rien voir, je sens le fer mortel de la hallebarde frôler le côté de ma capuche. Rapide comme l'éclair, je m'empare du manche, et pousse l'arme violemment pour frapper de l'autre bout celui qui la tient. Le coup porte et j'entends le baronnet pousser un *boumpf !* en s'écroulant. Je me jette sur mon attaquant, place un genou sur sa poitrine molle, et allume une nouvelle torche-bâtonnet que je tiens de manière qu'il ne voie pas mon visage. La première chose que le baronnet distingue, ce sont mes griffes devant son nez.

– Où est passée ta fille ?

– Hein ? Que... Quoi ?

Bathilde avait vraiment raison. Le son de ma voix vient de briser le charme. Pourtant, j'ai essayé de la grossir, mais l'effet est plutôt ridicule. Le père de Phélina en est interloqué. Il ne s'attendait sûrement pas à entendre Chat Noir parler d'une voix de freluquet. Qu'à cela ne tienne, je fais jouer mes griffes près de ses yeux et il oublie sa surprise.

– Comment as-tu obtenu tout cet or étranger ? Aurais-tu vendu ta fille à des barbares ? Ta propre fille, contre de l'argent ?

Je n'y crois pas moi-même en le disant. Mon intention est juste de le provoquer pour qu'il parle. Il est vrai que l'on entend parfois d'ignobles histoires de marchands d'esclaves, et de fortunes payées pour une beauté du royaume. Mais pas dans la noblesse, pas à Deux-Brumes, nous sommes civilisés. Néanmoins, je suis atterré par la réaction du baronnet.

– Mais, je ne suis pas à blâmer ! C'est elle, de son plein gré. Je n'ai rien obligé ! C'était un bon marché, Phélina l'a compris. L'affaire s'est faite à son idée.

– Quelle affaire ?

Avant que le baronnet ait le temps de répondre, le bruit caractéristique d'un tir d'arbalète déclenche mes réflexes. Je me jette en arrière, évitant de justesse un carreau[1] qui va se ficher dans le mur.

Une poignée d'hommes en armes est entrée dans la maison. Ils se ruent dans notre direction. Les cris hystériques de la mère de Phélina, qui a ramené cette patrouille, aggravent ma panique. La lumière des lanternes qu'on agite me donne le tournis.

1. Flèche de l'arbalète.

L'unique fenêtre de la pièce donne sur la rue. Elle éclate en morceaux sous le choc du fauteuil que j'y projette, fauteuil qui se brise lui-même contre les barreaux qui la condamnent. Piégé ! Dehors s'amasse déjà une foule échevelée et en chemise, tirée du lit par la cloche d'alarme d'un proche beffroi.

Impossible de franchir la meute bardée d'acier qui me barre le passage. Alors, je m'empare du coffret sur la table et l'élève au-dessus de ma tête.

– Laisse ça ! jubile le baronnet de Belorgueil. Tu ne peux pas sortir d'ici !

– Moi, non. Mais ton or, si !

À ces mots, je lance le coffret ouvert contre les barreaux de la fenêtre. Il s'y fracasse, et le trésor qu'il contient se déverse en pluie clinquante à l'extérieur. La populace en dessous pousse des cris de joie et de surprise. Il n'en est pas un qui ne se jette à quatre pattes pour moissonner ce fabuleux présent tombé du ciel.

Le baronnet pousse un hurlement, comme si on lui arrachait le cœur, et invective les gardes :

– Sortez ! Mais sortez ! Empêchez ces manants de me piller ! Viiite ! Qu'attendez-vous donc ? Que je sois ruiné ? Dehors ! Récupérez mon or ! Que nul n'emporte la moindre pièce ou l'Archiduc vous fera châtier !

Les soldats partent précipitamment, suivis du baronnet désespéré. Deux d'entre eux restent à la porte, me coupant toute retraite. Alors, je bondis sur la table, toutes griffes dehors, puis me jette vers une poutre pour m'y accrocher. Suspendu, je leur envoie à chacun mon talon en plein torse. Les gardes valdinguent en renversant le mobilier. Le temps qu'ils se relèvent, je suis déjà à l'étage où m'accueillent les aboiements du valeureux Perceval qui garde sa maîtresse.

Un instant plus tard, j'ai gagné les combles, puis le toit de la maison. Tandis que je disparais dans la nuit, bientôt sur les remparts solitaires, les cloches de Deux-Brumes sonnent à toute volée, mêlées aux cris des gardes :

– Au chat ! Au chat !

IV

Le dernier secret de la tour Montfrayeur

Entre la ville en alarme que je viens de quitter et la paisible forêt où je suis à présent, le contraste est énorme. Sous les arbres assoupis, j'avance au clair de lune que filtrent les branches dénudées. Mes pieds balayent un tapis de brume. Tout autour, une faune invisible laisse entendre ses appels criards ou lugubres, des bruits d'ailes, de pattes, qui cèdent la place par moment à des silences inquiétants. J'aime ce chemin qui mène à la tour Montfrayeur. Il ne me fait plus peur, même après minuit.

Pour la énième fois, je me retourne afin de scruter les ténèbres. Depuis que j'ai quitté la maison des Belorgueil, j'ai la sensation d'être suivi. À plusieurs reprises, j'ai cru distinguer un reflet métallique, loin derrière, mais toujours dans mes traces. D'abord, sur les toits de Deux-Brumes, à une hauteur où nul autre être humain ne peut me suivre. Et, il y a un instant, contre un tronc, et puis au niveau du sol.

Mon imagination me joue peut-être des tours. Néanmoins, j'oblique dans une autre direction pour dérouter d'éventuels poursuivants. Je trouve finalement une cachette sous une grande pierre moussue. J'y reste aux aguets jusqu'à ce que la forêt m'oublie. Rien ni personne ne se manifeste. Rassuré, je reprends finalement mon chemin.

Bientôt, le ciel apparaît à nouveau, sa parure d'étincelles comme un dôme par-dessus la clairière de la tour Montfrayeur.

C'est la première fois que j'escalade la tour sans avoir été appelé par le Moine. Habituellement, j'aperçois au dernier étage la lumière des torches signalant qu'il m'attend. Cette nuit, je trouve la ruine bien peu accueillante, avec son sommet tout éteint qui se fond dans la nuit.

Je ne suis pas censé venir ici de mon propre chef. Mais voilà dix jours que je guette en vain le signal ! J'en ai assez d'attendre. Et puis, j'ai hâte de montrer au Moine ces pièces mystérieuses, l'unique indice concernant la disparition de Phélina. Il est le seul que je puisse interroger sur leur provenance sans exposer ma double identité. Espérons que cette monnaie lui dira quelque chose.

Durant l'ascension, j'appelle pour annoncer ma visite :

– Le Moine ! Vous êtes là ?

Aucune réponse, ni de lumière qui s'allume. Encore quelques efforts, et mes griffes se plantent enfin dans la brèche au sommet de la tour. Je me hisse et pénètre dans la salle circulaire au plafond crevé, où m'attend d'habitude son mystérieux occupant. Cette fois, seule m'accueille une chouette, dérangée par la torche-bâtonnet que j'enflamme. Le Moine n'y est pas.

L'unique porte, encombrée d'éboulis, donne sur le vide à l'emplacement de l'escalier effondré. Pour accéder ici et en repartir, il faut pouvoir grimper ou bien savoir voler. Comment ce grand bonhomme s'y prend-il ? La sphère lumineuse qui s'échappe de la tour, après mes visites, est-elle la clef de cette énigme ? Je me demande parfois si le Moine n'est pas une sorte de démon !

Des courants d'air frôlent mes jambes comme des fantômes. Le vent hulule sa chanson d'outre-tombe. Cette ruine dressée au cœur des ténèbres a quelque chose de maléfique. Je ne vais pas moisir ici.

En dépit de ma trouille, je prends le temps d'inspecter les murs. Aucun signe du passage secret que j'espérais trouver. Par contre, une partie du dallage bouge sous mes pieds lorsque je la traverse. Le carrelage est disjoint à cet endroit ! Les gros carreaux de terre cuite, ornés d'emblèmes et de chimères, s'enlèvent un à un. Lorsque j'ai fini de les empiler, un grand trou rectangulaire apparaît dans le sol, long d'une bonne toise[1]. En approchant ma torche-bâtonnet, je ne découvre pas l'entrée d'un passage comme je m'y attendais, mais un grand coffre dont la vue me fait frissonner.

Sa forme me rappelle le cercueil des morts trop pauvres pour partir en barque mortuaire, et que l'on confie à la terre du cimetière plutôt qu'à l'océan. Mais le couvercle laqué a l'air autrement précieux. Y sont peints en doré des étoiles, des spirales et des croissants de lune. Une serrure en son milieu ferme des battants faits pour s'ouvrir comme ceux d'un placard.

Peur et curiosité mènent un combat féroce dans mon esprit. Avant même que l'une ou l'autre ait réellement gagné, ma main, comme dotée d'une volonté propre, a sorti le croque-serrures de son étui. Il tourne sans effort et déverrouille ce mystérieux sarcophage. Je prends une grande inspiration avant de me décider à l'ouvrir. Mais soudain, un bruit métallique, à l'autre bout de la pièce, me fait sursauter !

C'est le gobelet dans lequel le Moine m'avait fait boire son prétendu poison, abandonné depuis lors sur une pierre déchaussée du mur. Il vient de culbu-

1. Environ 2 mètres.

ter sur le sol, quelqu'un l'a bousculé dans l'obscurité.

Je tends ma torche-bâtonnet en direction de l'incident. Le spectacle qui s'offre à moi m'arrache un cri de surprise. Estomaqué, je bondis sur mes jambes, les griffes menaçantes.

Voici donc le duo qui m'a suivi depuis la maison de Belorgueil. Deux grands Ratakass, identifiables à leur pelage gris ébouriffé comme des piquants, et à leurs longues oreilles pointues. Des incisives rougeâtres ajoutent à l'aspect agressif de leurs museaux allongés. Impossible de les confondre avec nos Rats-des-brumes qu'un poil soyeux, couleur noisette, et des oreilles arrondies, rendent bien moins inquiétants.

Les deux espions ont l'air aussi surpris que moi d'être découverts et échangent des *squick-squick* affolés. J'examine leur accoutrement avec effarement.

Le premier semble équipé pour le combat rapproché. Une petite cotte d'acier aux mailles minuscules enveloppe son corps, terminée par quatre courtes manches où s'enfilent ses pattes. À l'extrémité de sa longue queue, qui s'agite comme un fouet, est fixée une boule bardée de pointes. Entre ses oreilles, une calotte métallique protège le crâne, attachée par un lacet sous sa mâchoire. Pour parachever cet équipement, une épée miniature est sanglée entre ses omoplates. Il la dégaine et la pointe vers moi, bien campé sur ses pattes arrière.

La tenue du second Ratakass rappelle l'armure de cuir des archers. J'y reconnais des éléments sortis de l'atelier secret découvert sous Deux-Brumes. Les prétendus jouets pour les pauvres de Phélina ! Le ventre de son plastron comporte des encoches avec une rangée de petites flèches. J'en ai une vue parfaite quand il se dresse sur deux pattes, se pose sur son derrière, s'empare de la petite arbalète fixée sur son dos et se met à l'armer.

Comme les pattes de ces rongeurs ressemblent à des mains humaines ! Leurs petits doigts sont articulés comme les nôtres. L'usage qu'en fait l'un pour manier l'épée, et l'autre pour tourner la manivelle de son arbalète, montre qu'ils n'ont rien à envier à notre habileté.

Malgré l'aspect effrayant des deux bêtes, leur menace semble un peu dérisoire. Je doute que cet équipement ait été conçu pour affronter des hommes. Et les mots « guerre des rats », entendus ici même de la bouche du Moine, me reviennent en mémoire.

Nous en sommes à nous fixer sans bouger quand le bruit de multiples petites pattes se fait entendre. Des rats arrivent de partout ! Certains, venus par l'intérieur de la tour, surgissent des anfractuosités entre les pierres disjointes. D'autres ont escaladé la façade et apparaissent dans l'ouverture par laquelle je suis entré. La peur glisse son doigt glacial le long de mon échine. Si deux Ratakass avec leurs armes minuscules ne sont guère à craindre, une horde de ces soldats miniatures représente un tout autre danger.

Gagnant l'abri d'une colonne, j'enflamme et sème alentour de petits bouts de torche-bâtonnet. Ça n'est pas tant pour éclairer l'espace que pour tenter d'effrayer ainsi la petite troupe. Mais les envahisseurs s'en fichent. Dans la clarté vacillante qui emplit la pièce, ils se regroupent et forment un cercle autour des deux rats en armes. Soulagement ! ce sont des Rats-des-brumes ! Ils sont au moins deux douzaines. Leur formation se resserre autour des Ratakass que la panique agite. Dire que je me croyais seul ! Alors que ces petits anges gardiens sont clairement venus me protéger.

Le Ratakass à l'épée agite son arme devant lui, avec de promptes volte-face, lorsqu'un Rat-des-brumes s'approche par le flanc. Les assiégeants vont et viennent, sans se décider à vraiment les affronter. Soudain, son compère lâche un carreau d'arbalète ! Le petit son cinglant de l'arme qui se déclenche est suivi du méchant bruit de la flèche se fichant dans la chair d'un Rat-des-brumes.

Le temps d'un éclair, comme une image sortie d'un rêve, je revois mon propre carreau, tiré de la fenêtre de ma chambre, traversant la nuit vers le petit pont pour se ficher dans le dos de celui dont je porte le nom. Ou plutôt, les deux noms. Kazhdu et Chat Noir.

Un petit cri déchirant me ramène au présent. Le pauvre Rat-des-brumes atteint par le dard se roule par terre, agitant frénétiquement ses pattes, la queue battant la poussière. Une bave écumeuse apparaît aux coins de sa gueule. Les convulsions dont il est saisi font peine à voir. Cette flèche dans son épaule était, à l'évidence, empoisonnée.

Quelques Rats-des-brumes encadrent la victime et l'entraînent au cœur de la tour, à travers leurs petits tunnels où s'éloignent ses couinements de douleur. L'attention de ceux qui restent se reporte vers les Ratakass. Celui à l'épée a profité de la diversion pour grimper au mur. On se jette sur lui, il disparaît sous une masse brune et grouillante. L'autre mouline frénétiquement pour réarmer son arbalète, l'air un peu empoté, assis sur son arrière-train. Avant qu'il ait terminé il est à son tour submergé.

Sur le sol, les fragments de torche-bâtonnet crachotent et s'éteignent. Tout ce petit monde s'agite dans l'obscurité, puis la multitude se disperse. Lorsque je fais à nouveau la lumière, je suis pratiquement seul. Les dernières boules de poil clair et leurs longues queues effilées disparaissent entre les pierres des murs en ruine.

Quelques battements de cœur plus tard, le vent et la nuit ont repris possession des lieux. Je reste longtemps debout, immobile, le regard dans le vide, à digérer ce que je viens de vivre. Jamais je ne pourrai raconter ça à Cagouille, il dirait que je suis devenu *marboule* ! Et il aurait peut-être raison.

Seul à nouveau, je me penche sur le grand sarcophage. Je rétracte mes griffes, inspire profondément, puis ouvre les battants du couvercle. Le moine y est allongé, immobile, sans vie, sa longue robe faisant des plis contre le capitonnage pourpre qui garnit l'intérieur.

Son long nez, qui dépasse toujours de son capuchon, a gardé ses couleurs rosées. Tout ce que j'ai jamais aperçu de ce grand corps, c'est ce nez démesuré, et ses mains noueuses aux doigts osseux et ridés. Et dire que je n'ai jamais vraiment vu son visage. Mais l'idée de le découvrir maintenant, figé par la mort, ne me tente aucunement.

Comme je pense à ses mains, je m'étonne soudain de ne pas les voir. Ses bras sont pourtant croisés sur le ventre, juste au-dessus de la large plaque de cristal incrustée dans sa ceinture. Malgré ma répugnance à entrer en contact avec un cadavre, je trouve le courage de relever une manche, puis l'autre. Stupeur, elles sont vides ! Lui aurait-on coupé les bras ? Mais c'est horrible !

En y regardant de plus près, je constate également que le corps n'a pas de jambes. La partie inférieure de la robe n'est qu'un amas de tissu sans rien à l'intérieur. Totalement épouvanté, je me relève en refermant du même geste le cercueil. À quel sort abominable le Moine a-t-il succombé ? La panique m'envahit et je scrute les ombres de la pièce qui cachent peut-être ses assassins.

Puis un doute s'immisce dans mon esprit. Aucune tache de sang ! Ni le moindre accroc sur son vêtement qui semble sortir de chez les lavandières. Et ce nez, avec son extrémité un peu rouge. C'est idiot à dire, mais il ne ressemble pas au nez d'un mort. J'y retourne.

Cette fois, j'approche ma torche-bâtonnet du capuchon, bien décidé à voir le visage qu'il dissimule. Quelle n'est pas ma surprise lorsque j'y découvre une boule de bois sur laquelle est attaché un masque de cire comportant un faux nez et un vague menton. Les yeux ne sont même pas représentés et la bouche n'est qu'esquissée. Seul l'appendice nasal est réaliste, unique élément visible sous la capuche.

Sidéré, je retire « le Moine » de sa boîte. Il est tout léger, évidemment, puisque ça n'est qu'un costume ! Et quel costume étrange ! Il semble avoir été élaboré pour un enfant, ou pour une toute petite personne. La partie supérieure, au-dessus de la taille, n'est qu'un buste postiche rempli de paille. Au niveau des hanches se trouve une double armature, destinée à être posée sur les épaules du petit acteur glissé sous la robe. Les bras de l'occupant s'introduisent dans les manches en dessous des coudes, et les mains en dépassent avec réalisme. Pas étonnant que les gestes du Moine soient si raides ! Quant à cette large boucle de ceinture en cristal, il s'agit d'une fenêtre par laquelle le petit individu peut regarder ce qui se passe dehors de l'intérieur de son déguisement.

Une hilarité incontrôlable m'envahit. Et tout en dansant sur une musique imaginaire, le Moine à bout de bras comme un partenaire de chiffe molle, je me promets de visiter demain un certain M. Crapoussin qui campe dans Deux-Brumes.

V

Un vieil ami

– À c'que *j'entends-je*, ch'uis pas le seul qui s'déguise pour taquiner le baronnet de Belorgueil !

– Et qu'est-ce que tu *entends-je* ?

– Qu'un farceur costumé en chat de gouttière a déniché son trésor, et l'a balancé dans la rue par la fenêtre. Les caniveaux ont charrié tant d'or et de bijoux que, c'matin, tous les marmots plongent dans le fleuve en espérant pêcher des diamants.

– Ne crois pas ça, Cagouille. Il n'y avait que des pièces d'or. Et tu penses bien que les gardes n'ont pas laissé la populace en empocher une seule.

– Purin de *merdre* ! C'était donc vraiment *toille* !

– Bien sûr, qui d'autre veux-tu que ce soit ?

La demeure de Cagouille, où je viens de passer le prendre, est le carrefour de tous les ragots. Entre les clients qui visitent son père et le commérage de ses neuf sœurs, on y connaît toujours les dernières nouvelles. Elles y arrivent souvent exagérées, et en repartent encore amplifiées.

– C'est tout ce qu'on raconte ?

– On dit aussi que trente vassaux[1] emplumés de l'Archiduc sont arrivés en ville, ces derniers jours. Des grands et des p'tits nobles logés au château, et pis quelques chevaliers descendus aux auberges de richasses.

– Une trentaine de vassaux, dit la rumeur ? Ça doit signifier une petite douzaine. C'est déjà beaucoup. Que font-ils ici ? D'habitude, ils ne quittent leurs domaines que lorsque l'Archiduc organise un tournoi.

– Pas de tournoi prévu. Et y sont sûrement pas venus pour voir le spectac' du Cirque des Rats.

– Nous, si ! répliqué-je en pressant le pas.

Notre chemin passe devant la maison de Phélina. Trois gardes sont en faction à la porte d'entrée. À l'une des fenêtres de l'étage, on distingue la silhouette d'un arbalétrier.

– N'ont pas lésiné sur la sécurité, dis donc. Après c'coup-ci, la mise à prix de Chat Noir va faire péter les coffres.

1. Un vassal de l'Archiduc est un noble moins important que lui, placé sous ses ordres.

– Eh bien, si tu as envie de devenir riche, tu sais où le trouver.

– Pas besoin, j'le suis déjà !

Cagouille délace le col de sa tunique. Il me montre en dessous le collier que je lui ai donné et qui vaut une fortune. Cette preuve d'amitié était-elle bien raisonnable ? J'espère que ces pierres précieuses ne lui attireront pas d'ennuis. Je m'affole :

– Cache ça, malheureux !

– Jaloux !

Il referme son vêtement, lève un menton dédaigneux, puis marche tel un empereur de comédie. Les rares passants qui nous croisent s'amusent de sa mimique.

Nous atteignons bientôt la place où le Cirque des Rats s'est installé. La roulotte trône au centre, ses peintures bariolées affadies par la lumière opaque du petit jour. La petite fenêtre est close, comme la porte à l'arrière. Un filet de fumée s'échappe d'un conduit de poêle crevant le toit. Le beau cheval blanc mâchouille son picotin, sa longe attachée à l'une des roues.

– Pourquoi qu'on vient si tôt, Sashouille ?

– Pour parler à l'occupant de la roulotte avant que les badauds pointent leur nez.

Je frappe au volet clos. Un son de gamelles que l'on brasse se fait entendre, puis la portière s'ouvre.

M. Crapoussin mal réveillé apparaît. Ses favoris ébouriffés lui donnent l'air d'une vieille marmotte. Il est vêtu d'une chemise de nuit rapiécée, pieds nus, mais porte malgré tout son immense chapeau.

– Qu'est-cé qué c'est ? Révénez plous tard ! Lé spectaclé né commencé pas avant...

Nous apercevant, il s'interrompt net. Sa trogne grognonne se met à rayonner et il nous rejoint. Ses mains disproportionnées s'ouvrent en signe d'accueil. Monsieur Crapoussin, je sais qui vous êtes ! Mais vous, savez-vous qui je suis ?

– Commé tou tombes bien ! Joustément, j'ai quelqué chose pour toi.

Son timbre n'est pas du tout le même que celui du Moine. Sa façon de parler, moins précieuse, diffère également. Sous son déguisement, il prenait une voix de fausset qui masquait sa tonalité naturelle. Par contre, l'accent est tout à fait semblable !

Le petit bonhomme enlève son chapeau, libérant ses cheveux cendrés coiffés en touffe d'herbe. Il pose son couvre-chef par terre, monte dessus comme sur une estrade, devenant ainsi un peu plus grand que nous. Il fait alors de gros yeux, fronce des sourcils terribles, et se met à agiter les bras dans des passes magiques à rendre jaloux un moulin à vent.

– *Shargazam !*

En s'exclamant, il ouvre vivement sa main et laisse

tomber quelque chose. Je m'empresse d'attraper l'objet au vol. C'est mon croque-serrures !

– Mes pétits amis ont rapporté cé joujou oublié où tou sais par qui tou sais.

Confus, j'empoche le précieux objet. L'apparition soudaine des Ratakass dans la tour Montfrayeur me l'a fait oublier dans la serrure du sarcophage. Je jure qu'une telle étourderie ne m'arrivera plus jamais !

– C'est *quoille* ce truc ?

– Un outil à ouvrir la porte aux ennuis.

– Oh, eh, oh, Sashouille ! C'est pour te *fouicher* de ma pomme que tu m'as fait lever avec les poules ?

M. Crapoussin descend de son perchoir et emboîte l'étonnant chapeau sur son crâne. Son visage devient soucieux.

– Hélas ! ça n'est pas tout cé qu'ils ont raméné dé la tour. Viens, pétit chat, jé vais té montrer.

Il m'invite à entrer dans la roulotte, et Cagouille nous emboîte le pas. Mais notre hôte lui barre le passage.

– Toi, tou restes déhors, messire dé la Cagouille.

– Purin, le lutin sait comment que j'm'appelle !

– Lé loutin sait aussi qu'on peut compter sour toi. Nous avons des choses graves à discouter, moi et lé pétit Kazhdu.

– Et *alorss* ? P'isqu'on peut compter sur moi, laissez-moi entrer. Je suis pas une rapportasse. Entre

Sasha et moi, les secrets ça rentre par une oreille et ça sort jamais par l'autre !

– J'ai bésoin qué tou montés la garde déhors. Personne né doit approcher et entendré cé qué l'on dit.

Cagouille se renfrogne. Il s'assied sur le marchepied, sort un bout de saucisse de sa poche et l'attaque d'un coup de dent vengeur. M. Crapoussin me pousse dans la roulotte et ferme la porte derrière nous.

À l'intérieur, l'odeur animale me prend à la gorge. C'est celle d'une quantité de Rats-des-brumes qui vaquent à leurs petites affaires. Il s'y mêle les exhalaisons d'une soupière mijotant sur le poêle à bois. Devant le foyer, Mama Pouss ronronne, endormie sur un coussin. Le mobilier se compose d'un bric-à-brac spectaculaire et de deux larges coffres dont l'un, recouvert d'une nappe, fait office de table. L'autre est converti en lit par quelques coussins.

– Voici la troupe ! La crèmé des Rats-des-broumes ! Chacun d'entre eux est oun artisté accompli ! Mais l'heuré n'est pas aux présentations. Viens voir, pétit chat.

M. Crapoussin ouvre un rideau au fond de la roulotte. Derrière, un Rat-des-brumes fort mal en point gît sur un douillet nid de foin. Ses yeux mi-clos nous regardent avec une tristesse infinie. Le petit homme emplit un bol de bouillon puis, y trempant le coin d'un mouchoir, en donne à téter au petit malade.

– Ouné prémière victime dé flèches empoisonnées des Ratakass. Heureusement, il va sourvivre. Mais jé né pourrai pas soigner les Rat-des-broumes par milliers si leurs ennemis déclenchent la guerre.

– Mais d'où viennent ces Ratakass ? Pourquoi l'Archiduc les équipe-t-il d'armes empoisonnées ? Pourquoi faire éliminer les Rats-des-brumes de nos contrées par des rats étrangers ? Vous ne dites pas tout ce que vous savez, je le sens.

– J'ai en effet quelques soupçons, mais aucouné certitoude. C'est à toi d'extraire la vérité dé la fange dé Deux-Broumes. Tou es Chat Noir !

– Oui, le destin a fait de moi Chat Noir. Mais vous, qui êtes-vous, hein ? Vous me mentez ! Vous vous déguisez ! Vous m'empoisonnez ! Vous me trompez ! Vous me manipulez ! Qui êtes-vous vraiment ?

Je perds mon sang-froid et ma colère inquiète Cagouille qui, de dehors, entrouvre un volet et laisse apercevoir son nez. M. Crapoussin tire le rideau, remplit deux autres bols de soupe et m'en donne un en m'invitant à m'asseoir.

– Moi ? Jé souis oun vieil, très vieil ami dé la famille.

– Pourtant, je ne vous ai jamais rencontré avant la tour Montfrayeur.

– Oh, qué si, pétit Sasha ! Mais tou étais trop pétit pour t'en souvenir. Jé t'ai vou tout jousté né, plous ridé qué jé lé souis aujourd'houi. Et ta sœur Bathilde, jé loui ténais la main pour faire ses prémiers pas, elle né savait même pas parler.

– Vous connaissiez mon père ?

– Nous étions dé très grands amis, quand il était à peiné plous âgé qué tou l'es maintenant.

– Et… et ma mère ?

Le mot a du mal à franchir mes lèvres. Elle est morte en me mettant au monde. Je ne parle jamais d'elle, même pas avec Cagouille. Ceux qui m'ont élevé, c'est-à-dire mon père, mon grand-père décédé qui avait la forge avant lui, et Bathilde, ont toujours esquivé le sujet en ma présence. Je soupçonne qu'on me reproche de l'avoir chassée de ce monde en y naissant.

– Vous avez connu ma mère ?

– Oui. Très bien connoue. Et beaucoup aimée, commé tous ceux qui la connaissaient.

– Comment était-elle ?

– Commé la plouie sour ouné terre aride. Commé oun éclat dé rire au prémier jour dou printemps.

M. Crapoussin a enlevé son chapeau pour prononcer ces mots. Il en tire un mouchoir, y souffle un ouragan, puis se recoiffe en soupirant.

– Pourquoi avez-vous quitté Deux-Brumes ?

– Mais jé n'ai jamais vécou à Deux-Broumes ! Quelle idée ! Les mours des grandés villes, jé les traverse mais ils ne mé gardent pas.

– Je ne comprends pas. Comment avez-vous connu mes parents, si vous ne viviez pas à Deux-Brumes ?

Au lieu de répondre, il engloutit sa soupe et donne le fond du bol à quelques rats qui s'empressent de le nettoyer.

– J'ai trop parlé, pétit chat. Pas question dé révéler cé qué ton père n'a jamais voulou té raconter. Conserver ses sécrets, c'est au moins cé qué jé dois à sa mémoire.

Des coups frappés contre le volet se font entendre. C'est Cagouille qui nous avertit :

– Y a quelques curieux qui *farfouinent* autour d'la roulotte. C'est des bourgeois qui s'*ennuillent*. Vous voulez que j'les fais filer ?

– Oui, dis-leur dé répasser, mais gentiment. Né va pas effrayer mon poublic, compris ?

– *Compriss !*

Par le rideau entrouvert, nous voyons Cagouille se retourner devant trois citadins, le genre riches et désœuvrés, qui observent la roulotte. Il se penche en avant, leur présente son postérieur et leur interprète un morceau de trompette sans l'aide du moindre instrument. Puis il se redresse et leur fait une révérence.

– Pour la suite du spectac', faudra r'passer plus tard, m'sieu dames !

Les bourgeois outrés s'éloignent à grands pas.

– Pas très raffiné, mais il a lé sens dé la misé en scène, ton ami Cagouillé.

– Vous l'avez aussi, monsieur Crapoussin. Pourquoi m'avoir joué cette comédie du Moine ?

– C'était nécessaire ! Il fallait qué jé t'impressionné ! Si jé m'étais montré tel qué jé souis, pétit et risiblé, m'aurais-tou rédouté ? Aurais-tou obéi ? Aurais-tou plié dévant mon autorité et affronté lé danger où jé t'ai envoyé ? Dé plous, jé voulais préserver mon identité sécrète, au cas où lé pétit Chat Noir n'eût pas été à la hauteur dé son père.

– Vous ne vous déguisiez pas lorsque vous rencontriez mon père à la tour Montfrayeur ?

– Bien soûr qué non ! Jé t'explique. Pendant ma tournée dans lé royaume, les Rats-des-broumes dé ma troupe ont appris par d'autres rats qué des Ratakass étaient apparous à Deux-Broumes. Ils mé l'ont fait comprendre et jé souis vénou ici prévénir ton père. Jé né l'avais pas révou dépouis plous dé quinze ans ! Mais j'avais entendou parler dé Chat Noir et j'avais déviné qué c'était loui. Nous nous rétrouvions dans la tour Montfrayeur, où personne né pouvait nous espionner. Nous ménions l'enquêté tous les deux, loui avec ses griffes, moi avec ma cervelle. Et pouis…

– … et puis j'ai pris sa place. Je comprends. Et d'où vient ce costume du Moine ?

– Il n'y a pas dé Moine. C'est toi qui l'as baptisé ainsi. Tou parles en fait dou grand magicien Papapouchi ! Attends, tou vas voir. Jé n'ai pas toujours été oun cirqué à moi tout seul ! Il y a très longtemps, jé faisais partie d'oune grandé troupe.

M. Crapoussin envoie valdinguer les coussins du coffre qui lui sert de lit et en extirpe une grande toile qu'il déroule. C'est une peinture représentant les membres du cirque de sa jeunesse. Chaque artiste costumé est accompagné de son nom de scène. On y voit, entre autres, un groupe de bouffons appelés les Rigoliots, un costaud à peau noire dit l'Homme de pierre, un couple d'acrobates nommé les Chats volants, une jolie danseuse surnommée la Fée du vent, et même un véritable éléphant ! Et puis, dépassant tout le monde, le Moine entouré de ses rats ! Ou plutôt, le Grand Papapouchi, comme l'indique l'affiche.

– Vous avez dû vous donner du mal pour monter ce costume au sommet de la tour Montfrayeur. Je ne m'explique pas comment vous parvenez à grimper là-haut.

– Tout simplément, grâce à loui !

Un sourire énigmatique aux lèvres, M. Crapoussin plante son doigt sur l'éléphant de la peinture.

– Tou vas comprendré tout à l'heure, quand jé commencérai lé spectacle. Mainténant, déguerpis ! Toi et ton Cagouille, allez m'attendré là-haut.

M. Crapoussin m'entraîne dehors et me montre un clocher qui domine la place.

– C'est dé là qué jé commencérai mon nouméro. Allez, filez, j'ai beaucoup à préparer. Jé vous rétrouverai là-haut dès qué jé sérai prêt.

Mama Pouss nous rejoint dehors en s'étirant, suivie des rats du cirque. Ils ont compris qu'il est temps de se mettre au travail. La troupe se regroupe autour du maître et semble attendre des instructions. Au moment de les laisser à leur besogne, je me ravise.

– Un instant, j'ai quelque chose à vous montrer !

– Plous tard, plous lé temps dé discouter.

– C'est important. J'ai trouvé ça dans le coffre d'un baronnet.

Je lui donne l'une des monnaies d'or à l'étrange profil. Cagouille siffle admirativement devant la taille de la pièce. M. Crapoussin fixe l'effigie mystérieuse et son visage devient livide. Il respire bruyamment, la peur vient de s'emparer de lui. Lorsqu'il me rend la pièce, ses doigts tremblent un peu.

– Tou en as vou beaucoup, dé cet or ?

– Oui, un plein coffret. Vous reconnaissez ce profil ?

– Cet homme vient dou pays où jé souis né, commé les Ratakass. Dépouis lé débout jé lé dévine mêlé à cette affaire. Mais jé né pensais pas qué son ombre avait déjà atteint Deux-Broumes.

– Qui est-ce ?

– Oun être crouel et sans scroupoules. Ouné loup affamé et vengeur. La hainé fait battre son cœur, la foureur coule dans ses veines.

– Purin ! Et comment qu'y s'appelle, ce *gentilzomme* ?

– C'est l'horriblé prince Viktar.

VI

Le sacrifice de Mama Pouss

– T'as pas l'vertige, toi, Sasha ?

– Tu plaisantes ! Le vertige, je ne sais même plus ce que c'est.

Pour le prouver à Cagouille, et un peu par bravade, je grimpe sur la balustrade qui nous sépare du vide et je m'y accroupis tel un funambule. Nous attendons M. Crapoussin, perchés en haut du clocher, où il nous a demandé de monter.

Loin en dessous, la foule s'épaissit autour du Cirque des Rats. Par un procédé ingénieux, la roulotte s'est dépliée comme une boîte dont on rabat les côtés, se transformant en une scène flanquée de coulisses où se dissimulent les petits artistes. Seule Mama Pouss est visible sur l'estrade. Un diadème posé entre les oreilles, assise royalement sur un coussin frangé, elle domine les badauds qui se rassemblent.

– Mé voilà ! Ah, ces escaliers, j'ai crou qu'ils n'en finiraient jamais.

M. Crapoussin nous rejoint, essoufflé, chargé d'un gros paquet.

– Pétit chat, tou té démandés comment jé monté et descends dé la tour Montfrayeur, eh ? Explication, et démonstration !

Le petit bonhomme défait son colis et en retire une volumineuse peau translucide, qu'il déplie délicatement. Puis il extirpe de son chapeau de fines branches d'osier, des sangles et du ruban. Aussitôt, il introduit et fixe les tiges à l'intérieur de la membrane. Elle devient une énorme boule transparente, légère comme une plume.

– Quand l'éléphant dou cirqué dé ma jeunesse est mort, céloui qué tou as vou sour l'affiche, j'ai hérité dé céci en souvenir.

– C'est une vessie… d'éléphant ?

– Exactément ! D'abord, mon idée était d'en faire ouné gigantesque lanterné pour lé cirqué. Ouné boulé dé loumière visiblé à des lieues dé distance.

Tout en parlant, M. Crapoussin fixe au sommet de son chapeau une lampe à huile dotée d'une grosse mèche. Il l'allume et recoiffe son couvre-chef surmonté de la flamme. Puis il emboîte la sphère pardessus, qu'il s'attache aux épaules par des bretelles.

– Au prémier essai, quand l'air dans la lanterné

eut chauffé, sourprise : elle s'est envolée ! Et commé jé m'y accrochais, jé mé souis fait emporter dans les airs. Cé prémier voyage s'est terminé en catastrophé. Heureusément, j'ai dépouis amélioré la techniqué.

– Voilà donc la fameuse sphère lumineuse de la tour Montfrayeur ! C'était cette lanterne volante qui vous emportait dans le ciel nocturne !

– Pendant quelqués minoutés, jé peux monter ou descendre commé ouné feuillé dans lé vent. Il souffit d'attendré qué l'air soit chaud dans lé ballon.

M. Crapoussin fait de petits bonds pour tester l'effet de la chaleur sur son appareillage.

– Faut avoir la marmite fêlée pour sauter dans le vide accroché à ce fessier d'éléphant ! se marre Cagouille.

– Pas lé fessier, la vessie.

– Et si, tout à coup soudain, y a plus d'huile dans la lampe ? *Patasplache !*

Les sautillements du petit homme ralentissent. Son harnachement commence à flotter dans l'air. Il escalade la rambarde, prêt à se lancer, et me dit :

– Aujourd'houi, lé Cirqué des Rats né joue pas son spectaclé habitouel. Lé Moiné né t'a pas appélé ces derniers temps, car nous étions trop occoupés à préparer les nouveaux nouméros. Tou vas voir, il s'agit dé prévénir les gens dé Deux-Broumes dou danger dé Ratakass.

M. Crapoussin glisse deux doigts entre son front et son chapeau. Il en tire un sifflet d'os et y souffle bruyamment. En bas, la foule se retourne et les têtes se lèvent. Le brouhaha des discussions fait place à une clameur étonnée.

Sans hésiter, le maître du Cirque des Rats saute dans le vide ! Lentement, il descend en zigzag, contrôlant sa trajectoire grâce à deux cordelettes fixées à la sphère. Quelques instants après, dans un silence fasciné, il atteint la scène et s'y pose doucement près de Mama Pouss.

Pendant qu'il se débarrasse de son équipement, les spectateurs ébahis s'exclament et applaudissent à tour de bras. M. Crapoussin soulève son grand chapeau et s'écrie :

– Qué lé spectaclé commencé !

Tandis qu'avec Cagouille je descends l'escalier du clocher pour assister au spectacle de plus près, une musique se fait entendre. L'air n'est pas très mélodieux, le rythme plutôt chaotique. En rejoignant les spectateurs, nous comprenons pourquoi. Le concert est joué par des Rats-des-brumes ! Les petits musiciens sont vêtus d'habits à rayures cousus de grelots. Trois d'entre eux sautent et rebondissent sur un tambour qui résonne sous leurs pattes. Deux autres se promènent sur un psaltérion[1], faisant vibrer les cordes en passant dessus.

Sur le devant de l'estrade, M. Crapoussin jongle… avec des rats. Les petites bêtes maîtrisent parfaitement l'exercice. Elles virevoltent dans les airs, s'attrapent et se séparent, exécutent mille figures qui arrachent des « oh ! » et des « ah ! » à la foule amusée.

Après ce numéro, M. Crapoussin reste seul sur scène. Il pose son chapeau à l'envers devant lui et saute à l'intérieur – du moins en a-t-on l'impression – et y disparaît complètement. Puis il en resurgit d'un bond, grimé en vieille mégère à la perruque grise, avec du poil au menton, un pois chiche sur le nez et revêtu d'un châle miteux. Il remet son chapeau, après en avoir extirpé un balai qu'il se met à passer en faisant le clown.

Cagouille me donne un coup de coude pour m'indiquer deux grandes silhouettes immobiles, un peu en retrait de la foule.

– Eh, oh, t'as *vuille* ces drôles de zoziaux ?

– Avec les longues pèlerines ? Oui, bizarre. Des lépreux, tu crois ?

– Lépreux, mon œil ! Un coup d'vent a soulevé leurs manteaux. Ça brille l'acier en d'ssous. Non

1. Sorte de harpe aux cordes tendues sur une caisse de résonance.

mais, vise un peu les costauds ! C'est des guerriers, ça, mon vieux.

Nous dérivons discrètement pour nous rapprocher des deux individus. De vrais colosses, couverts de tissu de la tête aux pieds. Cagouille me fait un clin d'œil, ce qui revient à fermer son œil unique puisqu'il est borgne, et m'indique que le côté de leur vêtement est fendu.

– Pousse-moi, demande-t-il à voix basse.

Je m'exécute. Bien que je le touche à peine, il valdingue comme s'il venait de tomber de cheval.

– Espèce de *malotruche* ! Ça va pas bien d'bousculer les gens comme *çaille* ? Va donc, eh, pomme bouillie !

Tout en m'invectivant, mon copain disparaît entre les badauds. L'objectif de sa culbute était de déranger au passage la pèlerine d'un des hommes. Astuce réussie : j'ai pu apercevoir sa tenue en dessous, du moins jusqu'à la taille.

L'étranger porte une sorte de kilt, fait d'écailles d'acier et de lanières de cuir, qui descend aux genoux. Pieds et mollets sont protégés par d'épaisses sandales ferrées. À sa ceinture pendent des armes étranges, et si le vêtement est fendu c'est sûrement pour pouvoir s'en saisir. Ce sont trois disques de métal, larges comme la main, polis et brillants, dont le pourtour paraît tranchant comme un rasoir.

Chaque disque est gravé d'un éclair, identique aux armoiries du revers des pièces d'or trouvées chez les Belorgueil.

La vision est fugitive, car l'homme s'empresse de rajuster son manteau. C'est suffisant pour décupler mon angoisse au sujet de Phélina. Son père aurait-il fait affaire avec ces effrayants barbares ? Y seraitelle mêlée ?

– Mama Pouss ! Au sécouuurs ! Des rats ! Des affreux raaats ! Sauvé-moi, Mama Pouss !

La voix suraiguë que prend M. Crapoussin me rappelle celle du Moine. Toujours déguisé en mégère, il a posé son chapeau et vient de grimper dessus. Au sommet de cette tour, armé du balai, il fait mine d'avoir peur d'un groupe de Rats-des-brumes qui vient d'apparaître et qui danse une gigue autour de lui.

Mama Pouss entre en scène et pourchasse les rats qui se dispersent en faisant des acrobaties, sous les applaudissements du public. Puis les bêtes disparaissent dans la coulisse et M. Crapoussin déclame :

– Jé mé souis trompé ! Ça n'était qué dé gentils Rat-des-broumes. Pas dé quoi fouetter oun chat ! J'avais crou oun instant avoir affaire aux Ratakass ! Connaissez-vous ces pétits monstres ? On dit qu'ils rôdent à Deux-Broumes…

Il reprend son balayage. Derrière lui apparaissent

d'autres rats, grimés et costumés en Ratakass ! De longs poils postiches rallongent leurs oreilles. Le maquillage cernant leurs yeux les rend effrayants, tout comme leurs dents teintées en rouge. Ils sont costumés en petits soldats et portent de fausses armes grossièrement taillées et peintes.

Voyant cette mascarade, les deux mystérieux étrangers s'exclament brutalement. Ils échangent quelques mots dans leur langue, puis s'éloignent prestement et disparaissent par une ruelle. Cagouille me rejoint. Le spectacle continue.

– Mama Pouss ! Au sécouuurs !

Comme dans la première partie du numéro, la chatte apparaît sur scène tandis que M. Crapoussin se réfugie sur son chapeau. Mais cette fois, ce sont les Ratakass qui se mettent à poursuivre la minette ! De leurs armes factices, ils font semblant de tirer des flèches soulignées par les *dzing !* d'un rat musicien.

Les spectateurs sont décontenancés par la tournure que prend le spectacle. Mais ils sont encore plus surpris lorsque surgit toute une troupe de soldats de l'Archiduc. Le capitaine des gardes les mène en personne. Contrairement à ses hommes, il va tête nue et n'a pas de bouclier. Son surcot bleu porte les armoiries dorées des Motte-Brouillasse, un poisson bicéphale dans un écusson.

Les deux étrangers marchent avec eux, il est

évident qu'ils viennent de donner l'alerte. Les hommes d'armes fendent la foule jusqu'à la scène. Le capitaine dégaine son épée et s'écrie :

– Rentrez tous chez vous ! Ces rats sont porteurs de la peste ! Le saltimbanque est en état d'arrestation !

« La peste ! » Le mot se répercute de bouche en bouche. Prise de panique, la populace se disperse comme des brins de paille soufflés par le vent. Cagouille et moi-même sommes emportés au loin par la marée humaine. Lorsque nous essayons de revenir vers la roulotte, des lances acérées nous barrent le passage.

Sur la scène, M. Crapoussin est en train de s'équiper de sa lanterne volante. Les gardes sur la place sont affairés à poursuivre les Rats-des-brumes qui s'enfuient en se faufilant dans tous les recoins. Le manège du petit homme alarme le capitaine qui le rejoint sur scène et tente de s'emparer de lui.

Pour lui échapper, M. Crapoussin se met à courir tout autour de la scène, à une vitesse étonnante compte tenu de ses petites jambes. Le capitaine le poursuit dans une ronde qui ressemble à une pantomime : lui derrière, alourdi par sa cotte de mailles, fendant l'air avec son épée, et devant, M. Crapoussin surmonté de sa boule lumineuse cavalant à perdre haleine.

Soudain, ses poulaines pédalent dans le vide, il s'élève, arraché au plancher par le ballon arrivé à bonne température. Le capitaine des gardes en reste sidéré. Tous les yeux se lèvent vers le nain volant, donnant l'occasion aux Rats-des-brumes encore sur la place de disparaître sans mal.

– Descendez-moi ce maudit sorcier ! beugle le capitaine.

La garde est équipée pour le corps à corps. Un seul archer les accompagne, mais s'il porte les couleurs de l'Archiduc c'est forcément un champion. Sans s'affoler, le regard froid et impassible, il met un genou à terre, bande son arc, et vise. Je frémis. Un tireur de métier ne peut pas manquer une cible aussi facile.

– Pourvu qu'il vise le ballon et pas M. Crapoussin !

– Tu *croilles* que c'est mieux ? Pas moi. C'est moins pire de r'cevoir une flèche dans le bide que d'finir entre les mains d'ces brutasses de chiens d'l'Archiduc.

Un frémissement des doigts de l'archer trahit l'instant où il va lâcher la corde. À ce moment précis, une furie surgie de nulle part bondit sur lui, crachant un cri démoniaque à vous glacer le sang. C'est Mama Pouss, le pelage tellement gonflé qu'elle a doublé de volume. Griffes en avant, la chatte a bondi sur le visage du tireur qui bascule avec un cri de terreur. La flèche part en sifflant. Déviée de sa course, elle va se ficher dans le bouclier d'un garde.

Des mains gantées de cotte de mailles s'emparent avec peine de la courageuse héroïne. Elle ne se laisse pas facilement retirer de sa victime. Et lorsque la face de l'archer apparaît enfin, elle est rouge du sang des chairs labourées. Deux autres soldats s'empressent vers l'archer et l'emmènent au loin.

– Laissez-le-moi ! hurle-t-il tandis qu'on l'éloigne. Tuez pas ce chat du diable ! Gardez-le-moi que je l'étripe ! Que je l'égorge ! Que je lui torde le cou moi-même !

– Mama Pouss ! m'écrié-je.

Le manche d'une lance me cueille en plein menton pour m'empêcher de me précipiter vers elle. À moitié assommé, je m'affale contre Cagouille. Les hurlement furieux de Mama Pouss remplissent l'espace, puis deviennent étouffés quand elle est jetée dans un sac de toile. On l'emporte avec le blessé.

Dans les airs, M. Crapoussin appelle désespérément la chatte qui vient de lui sauver la vie. De l'estrade, le capitaine des gardes, hors de lui, promet des sanctions exemplaires à ses hommes vaincus « par un chat et un nabot ».

Puis, soudain, un grand silence remplace les cris.

Les deux étrangers viennent de rejeter les capuchons de leurs pèlerines.

Une femme et un homme. Les traits de leurs visages sont ceux, beaux et implacables, des guerriers de légende. Les cheveux roux de l'une et la barbe blonde de l'autre sont tressés avec des lanières argentées. Leur peau ambrée diffère de celle des gens du royaume. Ils portent un casque étroit, cerné d'un bourrelet de protection qui leur fait comme une auréole, et sanglé sur la nuque. À leur front est gravé le symbole du cercle traversé d'un éclair.

Leurs mouvements s'effectuent dans une simultanéité typiquement militaire. D'une main gantée, ils décrochent chacun un disque d'acier de leur ceinture. Puis, tenant l'arme contre la paume, bloquée du bout des doigts, ils étendent les bras et se mettent à tourner sur eux-mêmes. Avec leurs longues pèlerines flottantes qui ondulent, on croirait deux danseurs fantastiques sortis d'un rêve. Mais ces danseurs-là sont des porteurs de mort.

Leur tournoiement s'accélère. Puis le mouvement se fige d'un coup et les disques aiguisés partent comme deux éclats de lumière. Ils suivent dans les airs une course rapide, précise, inexorable. Les deux lames rejoignent M. Crapoussin aussi vite que des flèches.

– Purin ! Y vont *tranchonner* l'lutin !

L'horreur imminente du sort de M. Crapoussin me fait tressaillir. Seul un effort de volonté m'empêche de fermer les yeux. Mais lorsque les projectiles atteignent leur cible, Cagouille et moi poussons un soupir de soulagement. Heureusement, ils ne visaient pas M. Crapoussin, mais les bretelles qui le retiennent à sa lanterne volante ! Les deux lanières sont tranchées en même temps. Et tandis que le ballon libéré s'enfuit vers le ciel, son passager est précipité vers le sol, battant ridiculement des bras comme s'ils étaient des ailes.

Son plongeon s'achève brutalement sur la partie couverte de la scène. Le choc lui fait traverser le toit de planches, et un grand fracas s'ensuit à l'intérieur. Les hommes d'armes se précipitent aussitôt vers le point de chute. Mais à peine l'atteignent-ils qu'ils s'en écartent précipitamment ! Des gerbes de flammes jaillissent devant eux, les forçant à reculer.

– *Merdre !* C'est pô en tranches qu'il va finir, c'est *rousti* !

– C'est épouvantable ! La lampe sur son chapeau a déclenché l'incendie. Comment le feu a-t-il pris si vite ?

– Devait y avoir de la paille là-d'dans. Regarde, Sashouille. Le cheval y était caché pour la suite du spectac' !

Le cheval blanc a bondi de l'intérieur de la coulisse où il était dissimulé et traverse comme un boulet la paroi de planches enflammées. Des éclats rougeoyants éclaboussent les gardes alentour. La bête, folle de peur, se cabre de toute sa hauteur en battant des sabots. Ceux qui s'approchent sont projetés à terre.

M. Crapoussin, trop petit pour monter normalement l'animal, est accroché à sa crinière blonde et enserre son cou avec ses jambes. Malgré les secousses, il parvient à tirer de son chapeau une petite trompette dont il se met à sonner.

Aussitôt, sa monture retombe les quatre fers au sol et détale comme une furie, emportant son petit maître à la vitesse du vent.

Tandis que les gardes de l'Archiduc courent après lui, rapidement distancés, les deux étrangers restent à leur place. La rousse saisit un nouveau disque à sa ceinture et se met à tourner sur elle-même. Elle peut encore atteindre M. Crapoussin, perché sur sa monture, avant qu'il ne s'engouffre dans une rue. Mais à l'instant où elle lance son arme, un objet sombre percute sa main. Le disque, dévié par le choc, ricoche sur le pavé et finit dans les restes enflammés du Cirque des Rats.

La guerrière ramasse le projectile qui vient de lui faire manquer son coup. Elle l'approche de son visage pour l'examiner, mais aussitôt le rejette avec une exclamation de dégoût.

– *Qiyqsevosa !*

Puis elle tourne vers nous un visage où l'expression de répugnance fait place à celle d'une froide colère.

– C'est ma godasse ! explique Cagouille d'une voix tremblante. Pas eu l'temps d'réfléchir, j'y ai lancé qu'est-ce que j'avais sous la main.

– Dis plutôt sous le pied.

– Déguerpissons !

Nous nous mettons à courir comme des fous pour échapper au jet de ces armes tranchantes. Sauver M. Crapoussin fut un beau geste de Cagouille. Mais j'ai peur que nous payions sa bravoure de notre vie.

– *Myorta vinziq, sapssipr'ey dgêsiyy !*

Je ne sais pas ce que l'homme vient de baragouiner, mais il a dû calmer le jeu. En effet, Cagouille et moi sommes indemnes lorsque nous atteignons la première ruelle, hors de portée. Avant de déguerpir, un coup d'œil nous révèle la place déserte, où la roulotte achève de se consumer. Les deux guerriers étrangers s'en sont allés.

– J'espère que M. Crapoussin a réussi à s'enfuir.

– Traînaillons un peu z'en ville, on finira bien par le savoir.

– Bonne idée. On va aller directement là où les nouvelles circulent en premier.

– Où *çaille* ? Chez moi ?

– Non, sur le port.

VII

La nef mystérieuse

Cagouille enlève sa chaussure et la jette sous un ponton. Le *plouf!* qu'elle fait en touchant l'eau s'entend à peine dans le brouhaha du port.

– Ça m'sert à rien d'en garder qu'une. L'autre, j'la récupérerai jamais.

– C'est une raison pour empoisonner le poisson ?

J'aime le craquement des navires qui se balancent à quai, et leurs voiles affalées claquant dans le vent. Les mouettes chantent au rythme du marteau des charpentiers de marine. Dans l'air, l'odeur de sève des goudrons le dispute à celle des poissons pourrissant au fond des barils. Une foule bigarrée s'affaire et se bouscule autour des marchandises qui vont ou viennent des soutes aux entrepôts.

– On s'promène pas assez souvent ici. C'est plus intéressant que le port fluvial où c'que y a des marchands d'farine et des barges à bestiaux.

– Sûr, Cagouille, c'est plus exotique. Mais trop

dangereux. À notre âge, on risque de prendre un coup sur la tête et puis de se réveiller au milieu de l'océan, engagé « volontaire » pour un voyage au long cours.

– T'as raison. Restons prudents. On fait *quoille* ?

– Va faire un tour dans une taverne et tends l'oreille. On y parle peut-être de M. Crapoussin. Tiens, prends ça pour boire un godet de cidre.

Je pioche dans ma bourse et lui donne quelques deniers. Cagouille ne fait pas d'histoires. Nous sommes habitués depuis l'enfance à ce qu'il n'ait jamais rien et moi assez d'argent pour deux.

– C'est beau la richesse. Tu viens pas avec moi ?

– Non, je veux aller voir ce qui se passe là-bas, regarde.

– Qu'est-ce c'est cet *accroupement* ?

De cet attroupement monte l'écho d'une dispute. Je m'en approche prudemment. Quant à Cagouille, il disparaît par la porte enfumée d'une taverne à l'enseigne du *Pélican assoiffé.* Avec son œil cousu et pieds nus, il fait très couleur locale.

Je me retrouve parmi quelques badauds assistant à une querelle entre des capitaines et le prévôt du port. Ce dernier, vêtu de velours bordé de fourrure, porte un gros médaillon, symbole de sa fonction. Il représente l'Archiduc dans les affaires maritimes. Puissante charge ! Car le commerce des navires fait de Deux-Brumes la plus riche cité du royaume, après la capitale, Coronora.

– Les ordres de notre bon seigneur, l'Archiduc de Motte-Brouillasse, sont formels. Désobéir sera puni d'emprisonnement et de confiscation !

– Et obéir peut envoyer nos navires par le fond, avec hommes et cargaisons ! s'emporte un capitaine. Alors, c'est les oubliettes ou le naufrage ? Quel choix !

– Eh bien, restez au port et attendez, si vous êtes incapables de piloter convenablement.

– Piloter convenablement, dans les rochers ? Morbleu ! Et pourquoi pas te conduire mon coutelas dans l'cœur sans te racler les côtes ?

– Gardes ! Gardes !

Le prévôt s'affole, inutilement d'ailleurs car le marin en colère crache et s'en va. Néanmoins, une patrouille postée non loin s'empresse d'approcher. Nous autres spectateurs nous écartons promptement pour éviter les mauvais coups.

Un vieux bonhomme à la figure de parchemin bouilli est assis au bord du quai, les orteils dans l'eau. Il ravaude un filet et ricane en observant la scène du coin de l'œil. Je m'accroupis près de lui et lui donne une pièce qui disparaît aussitôt sous son bonnet.

– Dites, mon brave, que se passe-t-il ici ?

– T'as d'la poix dans les hublots, moussaillon ? Donne un coup d'lorgnette par là.

Du menton il m'indique la mer, au-delà de l'embouchure du port. J'y vois juste un grand navire immobile, à distance de la côte.

– Un bateau… sur l'eau… et alors ?

– Cul-terreux, va. C'est une nef ! Jamais vu si longue à part les vaisseaux d'la reine. Tu vois point qu'elle est *empennelée* ?

– Hein ?

– À l'ancre, quoi ! N'en bouge point d'puis deux jours. *Z*'attendent on n'sait quoi avant d'accoster. Durant c'temps, l'Archiduc leur fait porter des présents. Visiteurs de marque, pour sûr. Mais qui ? On sait pas.

– Et pourquoi cela met-il les capitaines en colère ?

Le vieillard reste coi et tripote son bonnet. J'ai compris : une pièce de monnaie supplémentaire le décide à poursuivre.

– Y a ordre à tout navire d'pas approcher à moins d'deux encablures de cette nef. Problème, elle mouille au milieu du chenal qui mène au port. Et tout autour c'est garni d'rochers à fleur d'eau. Sortir du port en la contournant, comme veut l'Archiduc, c'est un coup d'dé avec le diable.

– D'où vient-il, ce bateau ?

– Pas d'couleurs, pas d'pavillon, une bâche sur la

figure de proue... Mystère. Mais j'ai mon idée. Moi, cinquante ans sur les mers avant de j'ter l'ancre à Deux-Brumes ! Galbe de la coque, façon du gréement, j'reconnais tous les navires. Çui-là vient de loin, moussaillon. Rivas'Tarak. Ma chique à couper.

– Rivas'Tarak ?

– Tu sais point où c'est, s'pas ?

– Si, Rivas'Tarak est la contrée située au nord du royaume, derrière la chaîne de montagnes infranchissable. On ne peut communiquer que par la mer avec ce pays, en longeant les côtes. Mais par bateau, la distance à parcourir est dix fois plus grande que celle qui nous en sépare à vol d'oiseau.

– C'pour ça qu'on en voit rarement, des visiteurs d'Rivas'Tarak. Et c'est tant mieux. Pays d'barbares ! T'as d'la science pour un morveux. Tu sais aut'chose sur Rivas'Tarak ?

– Oui. Salut, l'ami.

Je plante là le vieil homme et il hausse les épaules. Ce que je sais d'autre, c'est que les rats de Rivas'Tarak s'appellent les Ratakass. Et je ne serais pas surpris que les pièces d'or trouvées chez Phélina proviennent aussi de ce pays. L'ombre maléfique qui plane sur Deux-Brumes nous arrive de loin.

Je fais quelques pas sur la jetée, tâchant de mieux distinguer ce mystérieux navire qui cause tant d'émoi. Les paroles d'une chanson que l'on braille me parviennent soudain.

– *Deus est ensi conme li pellicans... Hic! Qui fait son ni et plus haut arbre sus... Hic!*

– Cagouille ! Eh, Cagouille !

Je me précipite vers mon copain qui sort de la taverne et trébuche sur le premier pavé. Il s'affale contre un rouleau de cordage qui traîne là, mais continue de chanter comme si de rien n'était. Je l'aide à se relever.

– *Et li mauvais oisiaus, qui vient de jus... Hic! Ses oiselons ocit tant est puanz... Hic!* Oh... Shasha ! Écoute voir la *sanchon*... chanson qu'on vient d'm'apprendre !

– Qu'est-ce qu'ils mettent dans leur cidre, ici ?

– Y avait que d'la bière et du rhum. Et j'ai promis à ma mère de pas boire de bière !

– Oh là là ! Viens, filons, accroche-toi à mon bras.

Une heure plus tard, nous sommes chez moi. Dans son état, j'ai préféré amener Cagouille ici plutôt que chez ses parents. Il est à présent tout à fait dégrisé. D'autant plus qu'en chemin il s'est délesté de ce qu'il a bu, et de son petit déjeuner. Je le rejoins près de la cheminée où il sirote un bouillon.

– Tiens, voilà des chaussures pour toi. Tu peux les

garder, elles étaient à mon père. Il n'en aura plus besoin.

– Alors là, c'est gentil. Elles sont superbes ! J'suis vraiment *touchié*.

– Tu as appris des choses, à la taverne, à part des chansons ?

– *Ouaille*, que j'boirai que du jus d'pomme à l'avenir. Ma tête se sent comme un tonneau où qu'on jetterait des pierres.

– Mais encore ?

– Ben, on raconte que Crapoussin s'est enfui sur son cheval par la porte Nord. Au passage, il a culbuté les gardes qu'ont pas eu l'temps d'y tirer des flèches.

– Ouf ! Il a dû disparaître dans la forêt.

– On dit aussi que les rats du cirque *z*'ont été zigouillés jusqu'au dernier. C'qu'est de la pure *menterie*, pisque on les a vus de nos yeux se débiner en tous sens.

– Après avoir clamé qu'ils portaient la peste, les autorités devaient forcément prétendre les avoir décimés.

Je laisse Cagouille à son bouillon et me dirige vers l'atelier, inquiet de ne pas entendre le ramdam qui en provient d'habitude. En effet, le grand soufflet qu'anime la roue du moulin est à l'arrêt, laissant la forge refroidir. Bathilde est pourtant là, juchée sur un tabouret et penchée vers l'établi. Sa concentration est si grande qu'elle ne me remarque pas.

Je me penche sur son épaule. Avec des outils de précision, elle effectue un assemblage délicat comportant de minuscules ressorts et de petites plaques métalliques, fines comme du parchemin.

– Qu'est-ce que tu fais ?

– Ah !

Son cri de surprise s'accompagne d'un geste brusque qui fait éclater le fragile bricolage. Les pièces détachées se retrouvent aux quatre coins de la table. Je l'aide à les rassembler.

– Tu pourrais t'annoncer ! grogne Bathilde.

– Je ne voulais pas te déranger.

– C'est raté. Qu'est-ce que tu veux ?

– Rien, rien ! Je m'inquiétais de ne pas entendre battre le fer.

– C'est parce qu'aujourd'hui je travaille en miniature. Et pour toi, en plus ! Enfin… pour Chat Noir. Une petite invention qui te sera fort utile.

– Quelle invention ?

– Tu verras bien. Pour l'instant, fiche-moi la paix.

Je me retourne pour partir, mais elle m'agrippe par le col et m'attire vers elle. Elle a une poigne, Bathilde ! Puis elle plaque sa main contre mon front et m'examine de près.

– Comment te sens-tu, petit frère ?

– Ça va, pourquoi ?

– Dis, tu as été malade toute la semaine. Couvre-toi, ne rechute pas.

– Mais oui, mais oui…

Berk ! je n'aime pas quand elle me materne. Mais cette intimité est vite interrompue par la voix de Cagouille qui m'appelle avec urgence. L'expression attendrie de ma sœur s'évapore comme neige dans le feu. Elle se fâche.

– N'ai-je pas dit que je ne voulais plus voir cet énergumène ici ?

– Je te signale que c'est aussi *ma* maison. Et que Cagouille est mon ami.

– Bah ! Après son passage ça n'est plus ni *ta*, ni *ma* maison, mais une véritable porcherie ! Ton ami est sale, il pue, et l'on pourrait s'empoisonner en respirant l'air derrière lui…

Vraiment, elle exagère. Sans prendre le temps de répliquer, je file vers la pièce où j'ai laissé Cagouille. Toujours assis près du feu, il regarde son bol de bouillon posé par terre. Un Rat-des-brumes est en train d'en lécher le fond. À côté de lui, un second rat se dresse sur ses pattes arrière et semble demander notre attention.

– Sors une autre écuelle, Sasha. Y a des invités.

– Il tient quelque chose dans sa patte. Prends-le.

– C't'un bout de parchemin roulé ! Attends, y a écrit une poétasserie dessus, en tout p'tit. Je lis : « Sashouille est une mauviette, qui *n*'a la trouille d'vant sa sœurette ! » *Arf!* J'l'ai entendue d'ici te houspiller.

– Idiot ! D'abord, c'est après toi qu'elle en avait. Donne-moi ça !

Cagouille ne sait pas lire. J'attrape le petit rouleau, où deux mots sont écrits : « Suis-nous. » Aussitôt, les deux Rats-des-brumes gagnent la fenêtre et attendent sur le rebord.

– Ils sont venus me chercher. Je dois partir.

– Attends ! Je *viende* avec toi.

– Il y a écrit « Suis-nous », pas « Suivez-nous ».

– Eh ben, toi tu suis les rats, et moi je te suis *toille*. Qui qui va m'en empêcher ?

Nous sortons et retrouvons les Rats-des-brumes dans la cour. Cagouille fait quelques galipettes pour tester ses nouvelles chaussures. Il est aux anges.

– Tu mets pas tes griffes et ton capuchon d'voleur ?

– Jamais en plein jour. Pressons ! Les rats ont passé le petit pont.

Nous courons après les deux bêtes qui nous entraînent dans la forêt. Une pluie fine nous accompagne. Elle fait luire les feuilles mortes et dévoile tout un peuple de champignons. Cagouille crie au gâchis chaque fois que nous passons un bolet sans nous arrêter pour le cueillir. Mais je ne tiens pas à perdre nos guides, seule chance de retrouver M. Crapoussin.

VIII

Le banni de Rivas'Tarak

Le soleil a largement glissé derrière les arbres depuis que nous avons quitté le moulin. Durant notre course, nos deux Rats-des-brumes ne se sont pas écartés du chemin qui fend la forêt. Puis, soudain, ils bifurquent, pénètrent dans le sous-bois, et s'arrêtent devant un rocher moussu aussi grand qu'une maison. Cagouille n'est pas très bon coureur. Il remercie le ciel pour cette halte et tente de reprendre son souffle.

Un lierre épais recouvre la roche. Les rats s'engouffrent entre les feuilles et disparaissent, nous laissant seuls face à l'obstacle.

– Écoute, Sasha ! T'entends ?

– Je n'entends que toi respirer comme un bœuf.

Cagouille retient sa respiration. En effet, le son étouffé d'une lamentation nous parvient.

– Ça *viende* du rocher !

– Regarde, le lierre n'est qu'un rideau. Il cache une ouverture. Suis-moi !

Prudemment, nous pénétrons dans un passage naturel qui perce la pierre. L'espace est si large qu'on y engagerait facilement un chariot… ou une roulotte. Nous y trouvons le cheval blanc du Cirque des Rats, entouré de paille et de foin. Une chèvre lui tient compagnie.

– J'*auraisse* préféré que l'lutin nous *envoille* chercher par son ch'val plutôt que par des rats.

– Trop voyant ! Les gardes peuvent voir le moulin depuis la porte Nord.

Les gémissements se font plus proches. Un peu plus loin, de la lumière filtre. Nous la suivons. Après un tournant, nous entrons dans une grande caverne illuminée. Une multitude de bougies et de lampes s'éparpillent sur les parois, pendent aux stalactites, diffusant une luminosité chaleureuse, ainsi que l'odeur du suif.

La façon dont l'endroit est meublé rappelle la roulotte du cirque. Ici encore, des malles détournées de leur fonction servent de table ou de couchage. Aux murs, d'anciens décors de théâtre donnent une perspective irréelle à la grotte. Une quantité de Rats-des-brumes s'affaire dans tous les coins. La troupe au complet s'est réfugiée ici. En nous voyant, ils se dressent sur leurs pattes et poussent de petits cris aigus.

M. Crapoussin, qui nous tournait le dos, cesse ses lamentations et nous fait face. Les rides de son visage sont autant de rivières débordant de larmes. Ses yeux ont tant pleuré qu'ils sont rouges comme ceux d'un Ratakass. Il porte un panier garni de fleurs qu'il agence devant un portrait de Mama Pouss. Cagouille s'attendrit et tente de le réconforter :

– Mon pauv' *Grapoussin*, faut pas vous mettre dans c't'état pour une roulotte et une *véssille* d'éléphant. C'est des choses qui s'remplacent ! Enfin, surtout la roulotte…

Le petit homme s'apprête à répliquer, mais les mots restent coincés dans sa gorge. Finalement, il ne parvient à libérer qu'un long sanglot à vous briser le cœur.

– Cagouille, tais-toi donc ! C'est le sort de Mama Pouss que pleure M. Crapoussin. Si seulement tu savais comme cette chatte est extraordinaire ! Tu ne peux pas comprendre.

Les larmes me viennent aussi. Je rejoins le petit homme et il me prend la main. Comme il me montre le portrait de la minette, peint en couleurs sur une ardoise, je ne peux plus contenir mon chagrin. Nous pleurons ensemble comme deux enfants perdus.

– Je comprends qu'vous êtes un peu *marboules*, *vouille* ! Si c'est qu'ça... Y a une portée d'chatons derrière chez moi, j'vous en amène trois d'un coup si qu'ça peut vous faire plaisir.

Le chagrin de M. Crapoussin fait aussitôt place à la colère. Il se redresse et approche de Cagouille, furibond. Tandis qu'il se fâche, son long chapeau s'agite telle une herbe dans le vent.

– Messire dé la Cagouille ! Tou dis des bêtises plous grosses qué ton ventré ! Tou manques dé respect à Mama Pouss, qui touté seulé valait mille Cagouillé commé toi !

– Quoi, mon ventre ?

– Dé plous, jé né t'ai pas invité ici ! C'est Sasha qué mes Rats-des-broumés sont allés quérir ! Pas lé traîné-crottin d'à côté !

Cagouille, à son tour, sort de ses gonds :

– Purin de *merdre* ! En voilà une façon de traiter son *sauveteur* ! Si qu'j'avais su, j'aurais gardé ma godasse pour plutôt vous la coller où que j'pense !

– Qué sauvéteur ? Qué godassé ?

Je lui explique comment Cagouille a dévié le disque mortel qui allait le faucher sur son cheval, quand il fuyait la place. M. Crapoussin s'apaise et sourit. Il enlève son chapeau, puis salue bien bas son sauveur pour le remercier.

– Bon, *trou* d'même ! Mais dites, c'est qui ces

zigotos qui balancent des assiettes à la tête des gens ?

– Ces assiettes té coupéraient l'appétit, mon garçon. Cé sont des *disqués dé guerre*. Les zigotos qui les lancent sont les *Discoboles*. La gardé d'élité dou prince Viktar.

– Le visage sur les pièces d'or du père de Phélina ?

M. Crapoussin acquiesce.

– Est-ce que ce prince Viktar vient de Rivas'Tarak ?

– Mais oui, pétit chat ! Comment lé sais-tou ?

– Parce qu'un navire de ce pays est à l'ancre près de Deux-Brumes.

Le petit homme ouvre des yeux tout ronds. Il nous regarde tour à tour, cherchant ses mots, puis finit par lâcher :

– *Pourin dé merdré !*

Une fois remis de sa surprise, M. Crapoussin nous installe sur des tapis autour du feu, avec quelques rats qui somnolent. L'odeur du lait de chèvre tiède qu'il nous offre, où flottent des herbes parfumées, fait frémir les petits museaux.

– Les pièces d'or, pouis les Discoboles, et mainténant cé naviré ! Lé douté n'est plous permis. Lé materials princé Viktar est arrivé à Deux-Broumes.

– Qui c'est, c't'oiseau-là ? Vous connaissez d'où qu'y vient ?

– Oh, jé pourrais en parler longuément. Vois-tou, ça né sé rémarqué pas, mais j'ai oun imperceptiblé accent.

Cagouille me donne un coup de coude en pouffant.

– Parcé qué, moi aussi, jé souis dé Rivas'Tarak. C'est lé pays où j'ai grandi.

– Ben vous y êtes pas resté assez longtemps ! plaisante Cagouille.

– Impertinent ! Silencé, et instrouis-toi.

Rivas'Tarak est un pays très différent de notre royaume. Ce que M. Crapoussin se met à raconter, je l'ai déjà appris au Collegium : dans cette contrée lointaine, l'alchimie a remplacé les dieux et la philosophie. Elle est la science ultime qui règne sur la société. C'est par l'alchimie qu'on tente d'y comprendre la nature, et surtout de la dominer.

– Les alchimistes dé Rivas'Tarak ont mille années d'avancé sour les vôtres. Leurs potions font dé miracles ! Engrais fabouleux, médicaments magiques, animaux extraordinaires ! Et mêmé des mixtoures pour rendré plous beau, plous intelligent, pour vivré plous longtemps !

– *Mouaille*... Que'qu'chose me dit qu'y a un revers à la *merdaille*.

M. Crapoussin tire sa pipe de son chapeau, l'allume tranquillement, puis répond :

– C'est exacté. Seuls les riches et pouissants seigneurs profitent des miraclés dé l'alchimie. Quant au peuplé, il souffré tous les maux d'oun mondé randou maladé par les expériencés des savants. La natoure sé venge, quand on triché avec elle.

Je sors de ma poche l'une des pièces d'or chipées au père de Phélina. D'une chiquenaude, je la lance à M. Crapoussin qui l'attrape au vol. Il examine pensivement le profil gravé dessus et poursuit :

– Dans mon enfance, lé roi dé Rivas'Tarak avait trois fils. Des triplés ! Résoultat excessif d'oune potion dé fécondité concoctée par l'alchimisté royal. À la mort dou vieux roi, lé trôné dévait passer au fils aîné. Mais les trois fils avaient lé même âgé ! Alors, on divisa lé pays en trois contrées qué les triplés sé partagèrent.

– Laissez-moi deviner… Le prince Viktar était l'un des trois fils ?

– Oui, pétit chat. Des trois frères, lé prince Viktar était sorti lé prémier dou ventré dé leur mère. Il sé considérait donc comme le fils aîné, et voulut dévénir lé seul roi de Rivas'Tarak.

– Comment qu'ça a dû bastonner entre les frangins ! Les richasses, c'est jamais content de qu'est-ce que ça a.

– La guerré, oui. Leurs armées sé sont battoues. Mais à deux contré oun, lé prince Viktar enchaînait les défaites. Alors, son alchimisté, lé plous doué dé Rivas'Tarak, a créé oune potion pour transformer les Ratakass en animaux soupérieurs. Plous intelligents, plous habilés, et plous obéissants. Les rats sont dévénous oune armée invisiblé, tirant des flèches empoisonnées. Dans l'ombré, innombrables, les Ratakass peuvent vaincré n'importé qui. Et seul lé prince Viktar connaît lé sécret pour s'en fairé obéir.

– Ben alors, qu'est-ce qu'y *fouiche* chez nous, s'il a vaincu chez lui ?

– Jé né sais pas cé qu'il manigancé avec l'Archidouc dé Motté-Brouillasse. Ça, jé compté sour Chat Noir pour lé découvrir. Mais saché qué lé prince Viktar a perdou la loutte contré ses frères. Son alchimisté l'a trahi. Il a créé pour ses adversaires oune armée dé chats soupérieurs plous forté qué les Ratakass.

– Eh bien, voilà la solution si un jour nous avons affaire à une armée de Ratakass.

– Jamais ! Ces chats monstroueux sont dévénous oune plaie. Ils terrorisent lé pays ! Ils dévorent lé bétail et les enfants ! Oun rémédé piré qué lé mal, commé souvent avec les alchimistes.

– Et le prince Viktar ?

– Après sa défaite, ça têté était destinée au bourreau. Mais il a pou s'enfouir dé Rivas'Tarak, délivré par sa gardé des Discoboles. Dépouis, il erre dé pays en pays, où personné né veut l'accueillir.

– Personne, sauf l'Archiduc de Motte-Brouillasse, semble-t-il. Qu'est-ce que le seigneur de Deux-Brumes peut bien avoir derrière la tête ?

– Rien dé bon, pétit chat. Rien dé bon…

Lorsque nous quittons la caverne, la nuit a commencé d'assombrir le ciel couvert. M. Crapoussin nous confie son beau cheval. Nous nous y installons à cru, moi derrière et Cagouille tenant la bride.

– Il va vous condouiré hors dé la forêt et réviendra tout seul ici.

– Vous pourriez venir vous cacher chez moi, au moulin !

– Merci, mais non. Jé souis mieux ici, avec mes Rats-des-broumes. D'ailleurs, c'est mon ami Kazhdu, ton père, qui m'a installé dans cetté grotté ! Quand jé souis vénou l'avertir qué des Ratakass traînaient dans votre cité, j'ai décidé dé m'installer pour l'aider.

– Depuis quand saviez-vous que père était Chat Noir ?

– Dépouis toujours. La prémière fois qué j'ai entendou parler dé Chat Noir à Deux-Broumes, j'ai déviné qué c'était loui.

– Purin, quand vous aurez fini d'bavasser, on pourra p't-être partir ? Le mien d'père, si je rentre à la nuit, y va m'porter au lit par les oreilles.

– Encoré oun instant. Garçons, rendez-vous démain sour lé port. Jé veux voir dé mes yeux cé naviré. S'il vient vraiment dé Rivas'Tarak, il faudra trouver oun plan.

– Vous voulez r'tourner en ville, après l'cirque que vous y avez fait ? Z'avez envie qu'un garde vous embroche ?

– Messire Cagouillé, j'ai plous d'un tour dans mon chapeau.

M. Crapoussin tourne ses yeux vers moi et prend un air sérieux. Il se décoiffe, pose son couvre-chef à terre, puis monte dessus pour se rapprocher de mon oreille.

– Sasha, cette nouit, j'ai oun grand servicé à démander à Chat Noir. Oun servicé… difficile.

– Si mon père l'aurait fait pour vous, je le ferai moi-même.

– Mama Pouss a été emménée au château par les soldats dé l'Archidouc. Jé né m'illousionne pas sour son sort. Céloui qui a démandé qu'on l'emporte voulait sé venger qu'elle loui ait griffé lé visage. Ma pauvré Mama Pouss ! Va chercher sa dépouille. Ramèné-la, qué jé pouisse loui donner la sépoul-toure qu'elle mérité. Oun tombeau couvert dé fleurs, sous oune pierre gravée dé ses exploits. Jé né veux pas qué son pétit corps finissé avec les ordoures ou dans les douves.

– Je vous le promets. Dès la tombée de la nuit, Chat Noir s'en chargera.

– Merci, pétit chat.

– Ne me remerciez pas. Je le fais pour elle. Et puis…

– … et pouis ?

– … gardons espoir. Mama Pouss aussi a plus d'un tour entre les oreilles !

IX

La nuit des chanteurs

Il y a quelques semaines, j'avais l'impression de me déguiser lorsque j'enfilais la veste de Chat Noir. À présent, c'est le contraire. Les gants-griffes aux poings, ma capuche rabattue sur le visage, je suis bien dans ma peau. Mieux que dans celle du fragile Sasha, qui n'est plus que la moitié de moi-même.

Je fais jouer mes griffes avec excitation. J'aime leur chuintement lorsqu'elles surgissent, puis leur déclic quand elles se rétractent. Elles répondent vite, nerveusement, comme une partie de mon corps.

Bathilde, qui m'observe, ne semble pourtant pas satisfaite. Elle trempe un pinceau dans un pot de graisse et badigeonne encore un peu les mécanismes.

– Ça ira, sœurette. Ouvre-moi le passage, je te prie, j'ai affaire en ville.

– Pas si vite ! J'ai terminé ma petite invention. Je suis plutôt fière du résultat. Tiens, prends, c'est pour toi.

– Un… petit… foulard noir. Tu as peur que je m'enrhume ?

– Idiot ! Examine bien ce bandeau. Le tissu doublé renferme un assemblage de ressorts et de lamelles qui vibrent ensemble.

J'enlève ma capuche et Bathilde m'attache le bandeau derrière la nuque. Il recouvre ma bouche, cachant mon visage depuis le menton jusqu'à la moitié du nez. Je remets ma capuche.

– Cet accessoire masque ton museau, ça évitera de faire rigoler ceux qui l'apercevraient. Mais ça n'est pas la vraie fonction de l'objet. Je l'ai baptisé le *bâillon-autorité.*

– LE BÂILLON-AUTORITÉ ? DRÔLE D'ID…

Quelle voix ! Je me suis fait peur moi-même. Ce système fait résonner mes paroles ! Il transforme mon timbre fluet, lui donnant une sonorité effrayante.

– C'EST IMPRESSIONNANT, BATHILDE ! ON CROIRAIT UNE VOIX SURNATURELLE !

– N'en abuse pas. Moins on te voit, moins on t'entend, plus longtemps tu survivras.

– TU TROUVES TOUJOURS LES MOTS QUI RASSURENT ! ironisé-je.

Le passage secret me mène jusqu'au petit pont, puis me libère sous un ciel nuageux qui rend la nuit profonde. Invisible, silencieux, je gagne les remparts et me retrouve bientôt sur les toits de Deux-Brumes. L'humidité les rend fort glissants. J'évite les couvertures d'ardoise, préférant courir sur les maisons écaillées de tuiles où mon pas est plus sûr.

Bientôt, mes muscles sont chauds. Mon cœur pulse avec puissance. Je ne cours plus, je ne saute pas : je vole presque ! Quand l'espace entre deux bâtiments est trop large pour le franchir d'un bond, je me jette contre les murs et les escalade comme une mouche.

Voici la muraille cernant le château. Je termine mon parcours d'un saut périlleux, pour atterrir sur une tourelle crénelée. Quelques pigeons se dispersent dans un bruit d'éventail. Accroupi, griffes plantées dans la pierre, je reprends mon souffle en observant la cour intérieure.

L'Archiduc de Motte-Brouillasse a des invités. Toute une aile de l'écurie héberge des chevaux appartenant à ses grands vassaux. Chaque stalle arbore, sur son portillon, un écusson aux armoiries des seigneurs en visite. Leurs écuyers vont et viennent, discutent, certains jouent aux dés avec les soldats du château. Étrange ! Il règne ici une animation inhabituelle.

Juste en dessous de moi passe un garde qui fait sa ronde. Je me laisse tomber sur lui et l'envoie au sol.

Avant qu'il ait le temps de réagir, je suis sur sa cuirasse, les genoux plaquant ses épaules contre le chemin de ronde. Mes griffes écartées devant son visage le dissuadent d'appeler au secours. Quand il entend ma voix à travers le bâillon-autorité, ses yeux s'emplissent de terreur. C'est une jeune recrue, avec l'air candide d'un môme de la campagne, qui doit soudain regretter d'avoir quitté son nid pour jouer les soldats.

– UN GESTE, UN CRI, ET JE T'ÉCORCHE ! COMPRIS ?

Terrifié, il hoche la tête. S'il savait que je ne ferais pas de mal à une mouche !

– ON A AMENÉ UN CHAT, CE MATIN. DANS UN SAC ! OÙ EST-IL ?

Le garde s'affole et balbutie. Visiblement, il sait de quoi je parle. Mais il ne se décide pas à répondre.

– TU L'AURAS VOULU. JE VAIS TE FAIRE PARLER !

Je presse mes griffes contre sa cuirasse et, très lentement, elles glissent contre le métal. Le bruit strident que cela produit est insoutenable ! Un crissement qui vous vrille les nerfs jusqu'à la racine des dents. J'insiste, reposant plusieurs fois la question, et finalement il flanche. Il était temps ! Cette torture fait souffrir le bourreau autant que sa victime.

– Là-haut ! Là-haut !

Sa panique est extrême. D'une main tremblante, il m'indique une fenêtre éclairée, dans la plus haute portion du donjon. C'est dans cette tour, la mieux protégée du château, que vit l'Archiduc et que logent les invités de marque.

– EXPLIQUE-TOI, SINON...

C'en est trop pour le malheureux. Ses yeux se révulsent et il perd connaissance. Je ne suis pas fâché d'être tombé sur un émotif ! Avec sa propre ceinture, je le ligote pieds et poings, puis le bâillonne avant de le cacher dans la tourelle.

Je m'attendais à ce qu'il m'indique quelque cage dans la basse-cour, voire un recoin où l'on jette les déchets... Mais le haut du donjon ? Avec un nouvel espoir, je file dans l'ombre vers le cœur du château.

Pour esquiver les patrouilles, je prends un chemin détourné alternant entre toits et remparts. Il me rapproche de la grande chapelle des Alchimistes. Je m'installe quelques instants entre deux créneaux pour l'examiner. La réfection de la bâtisse est terminée, plus rien ne témoigne de l'incendie déclenché par mon père. Ses vitraux multicolores sont fortement éclairés de l'intérieur. Il semble y avoir du monde dans la chapelle. Mais ce qui se passe à l'extérieur m'intrigue davantage.

Une chaîne humaine encercle le bâtiment. Ils sont

une bonne trentaine, vêtus de houppelandes[1], à former ainsi une ronde autour de la chapelle, le dos tourné aux murs. Ces hommes et ces femmes ont des allures raffinées. Sûrement pas des soldats. Tous restent immobiles et semblent attendre je ne sais quoi.

Je laisse là cet étrange tableau pour entreprendre l'escalade du donjon. Ça n'est pas plus dur que de grimper la tour Montfrayeur, mais je dois zigzaguer pour éviter les nappes de lumière. Une pluie fine commence à grésiller lorsque j'atteins la fenêtre indiquée par le garde.

En équilibre sur le rebord, j'introduis ma dague entre les battants. Le loquet se soulève, la fenêtre s'entrebâille et je jette un coup d'œil : de la lumière, mais personne. J'ouvre en grand et me laisse tomber à l'intérieur.

Jamais je n'ai vu une chambre aussi luxueuse ! Le parquet est en bois précieux. De larges piliers soutiennent la charpente ouvragée, dont les poutres s'espacent sur un plafond peint de motifs entrelacés. Les murs portent les mêmes dessins, mêlant feuillages et fleurs, oiseaux et papillons. La cheminée couvre presque tout un mur, et le reflet de ses

1. Long vêtement ample qui se porte par-dessus les habits.

flammes fait chatoyer les essences rares du mobilier. Des objets d'or et d'argent ornent une étagère, près d'un buste de marbre chargé de bijoux. C'est la chambre d'une dame. Et si je ne savais où je me trouve, je croirais être dans celle de la reine en personne.

Trois marches mènent à un lit à baldaquin, placé contre le mur entre les deux fenêtres. Il domine la pièce déserte, majestueux comme un trône. Déserte ? Mais non ! Par le ciel, il y a quelqu'un sur ce lit ! Installée royalement sur un édredon soyeux, les yeux mi-clos mais les oreilles dressées, Mama Pouss somnole. Elle est prisonnière d'une longue et fine chaîne reliant son collier à l'un des pieds du lit.

Dès qu'elle m'aperçoit, la chatte cesse de feindre de dormir. Elle se dresse sur ses pattes, puis piétine l'édredon avec joie et impatience. Malgré quelques touffes de poils qui lui manquent, Mama Pouss semble en parfaite santé. Mon cœur s'allège de l'angoisse qui l'étreignait.

– MAMA POUSS ! JE SUIS SI HEUREUX, TU ES SAINE ET SAUVE !

– Qui est dans ma chambre ? Répondez !

Maudit bâillon-autorité. J'ai cru chuchoter mais il a amplifié mes paroles. Mama Pouss reprend aussitôt sa position de chat endormi. Moi, je me précipite vers la fenêtre. Mais lorsque s'ouvre la porte du cabinet de toilette et que la personne fait son entrée, je reste figé comme une statue.

Ses cheveux d'or, habituellement tressés en couronne, sont rassemblés en une coiffure savante qui la grandit. Sa robe de velours, largement décolletée, est d'un rouge profond qui capture la lumière tel un pelage soyeux. Une ceinture garnie de pierres précieuses enserre sa taille fine. Ses éclats répondent aux étincelles qui dansent à ses oreilles. Les diamants lui vont si bien.

– Vous en voulez à ma famille ! Je suis Phélina de Belorgueil. L'autre nuit, vous dévalisiez mon père. Que désirez-vous à présent ? Mes bijoux ?

Phélina, ici ? Surtout ne rien dire qui indiquerait que je la connais. Je la fixe, incapable de proférer un son. Moi qui l'ai toujours trouvée belle comme une princesse… Aujourd'hui, elle en a vraiment les atours.

– Voici donc le terrible Chat Noir. Je vous imaginais… plus grand. Mais l'honneur n'en est pas moindre.

Elle ne paraît pas effrayée et glisse doucement vers moi, avec la même lenteur que pour approcher un animal sans l'effrayer. Son sang-froid est admirable. Lorsqu'elle est assez près, Phélina s'efforce discrètement d'apercevoir le visage sous ma capuche. Le bâillon-autorité l'en empêche heureusement. D'une main délicate, sans cesser d'avancer, elle dégrafe son collier et me le tend en souriant.

– JE NE SUIS PAS LÀ POUR ÇA !

Ma voix la surprend et, le temps d'un instant, elle perd contenance. Mais elle se reprend, retrouve son sourire, puis laisse tomber le collier sur le lit. Mama Pouss s'en saisit et joue avec comme un petit chaton. Je vois bien que c'est un numéro destiné à amadouer Phélina.

– Vous devez aimer les chats... Chat Noir. Vous apprécierez de savoir que j'ai sauvé cette minette d'un soudard qui s'apprêtait à la brûler vive. Ici même, dans la cour, sous mes fenêtres ! J'ai fait envoyer ce monstre au cachot, et j'ai demandé que l'on m'apporte cette pauvre petite bête.

Mama Pouss répond à Phélina, qui la caresse, par une mignonne mimique tout inoffensive. Quelle comédienne, elle qui sait être féroce comme un tigre !

Je regarde Phélina et la trouve changée. Et je me demande d'où vient qu'elle ait assez d'autorité, au château de l'Archiduc, pour que l'on obéisse ainsi quand elle commande.

– C'est que je m'ennuie, ici, mon cher Chat Noir. Je suis si seule, dans cette cage dorée. Alors, cette chatte me fait un peu de compagnie. C'est amusant, elle m'en rappelle une autre appartenant à un garçon que je connais.

C'est vrai que Phélina m'a vu avec Mama Pouss, la nuit où j'ai découvert l'atelier secret sous la maison de magister Georginio. L'occasion est unique, je ne peux résister à l'envie de sonder son cœur.

– QUI EST CE GARÇON ?

– Oh, un jeune imbécile sans intérêt. Un petit manant ridicule avec des rêves trop grands pour lui. Sa sottise a eu l'honneur de m'amuser, un temps.

Mes oreilles deviennent bouillantes. Sans le vouloir, je fais surgir mes griffes, le regrettant aussitôt de peur qu'elle fasse le lien entre mes deux identités. Changeons vite de sujet.

– QUE FAITES-VOUS ICI ?

Phélina lève un sourcil étonné. Avant de répondre, elle se rapproche encore, lentement. Si près que je distingue l'aura cuivrée des pupilles dans ses yeux bleus.

– Peut-être que je vous attendais ? Peut-être est-ce le rendez-vous du destin ? Je vous ai toujours admiré. Dans mon cœur, vous n'avez jamais paru comme un bandit. Mais comme un homme libre, fort, courageux, qui prend ce qu'il désire et laisse la médiocrité aux besogneux. Vous, Chat Noir, dans ma chambre, c'est mon rêve de chaque nuit qui devient réalité.

Phélina est contre moi, elle passe ses bras de porcelaine autour de mon torse. Le murmure de ses lèvres me parvient mêlé au parfum de ses cheveux. Et si, par Chat Noir, j'obtenais d'elle les sentiments qu'elle refuse à Sasha ? Peut-être est-ce le moment de lui dire qui je suis réellement…

L'instant est magique, au point qu'il me semble entendre chanter les anges. Puis je comprends que ce chant est bien réel, qu'il provient de la cour du château. Je me retourne vers la fenêtre. Phélina laisse doucement tomber ses bras qui m'enlaçaient. La romance est parfaite. Mais je me demande ce que font ces chanteurs autour de la chapelle des Alchimistes. Car il s'agit bien de ces gens que j'ai observés tout à l'heure, qui forment une chorale.

Un feulement de chat en colère déchire soudain l'ambiance délicate. C'est Mama Pouss qui s'alarme ! Je fais volte-face, et me retrouve devant une Phélina au visage défiguré par la fureur. Elle brandit à deux mains ma propre dague, au-dessus de sa tête, et l'abat de toutes ses forces. La lame était destinée à mon dos ! Je fais un bond de côté et évite le coup mortel. Mais la pointe glisse contre mes côtes, m'arrachant un cri de douleur.

Phélina revient à l'assaut, grimaçant comme une furie, décidée à me trouer la peau ! Cette fois, je la repousse violemment. Elle laisse échapper un juron, telle une fontaine d'eau claire crachant soudain de la boue.

Mama Pouss a bondi au bas du lit. Habilement, elle passe devant Phélina et l'entrave dans sa longue chaîne. Celle-ci trébuche, tombe en arrière, et sa tête heurte les marches menant au lit. Puis elle reste là, inerte, son visage apaisé redevenu celui d'un ange.

L'histoire se répète. Encore une fois, Mama Pouss m'a sauvé la mise. Et encore une fois, j'ai mordu à l'hameçon des appâts de Phélina. Son numéro de charme n'était qu'un stratagème pour abaisser ma garde, et me chiper mon arme. Mais je ne lui en veux pas. Après tout, comment lui reprocher d'avoir rusé pour se défendre contre le plus redouté des bandits ? Au contraire, son courage a été admirable. Et puis, quoi qu'en dise Cagouille, je sais qu'elle a un bon fonds. D'ailleurs, n'a-t-elle pas sauvé la vie de Mama Pouss ?

Après avoir étendu Phélina sur le lit, je passe un linge humide sur son front. Heureusement, l'épais tapis qui couvre les marches a amorti le choc. Elle est toujours assommée, mais sa respiration est régulière. Quand elle se réveillera, avec une sacrée bosse, j'espère être déjà loin.

Avant de partir, je prends le temps de laver et de bander la plaie sur mon torse. Rien de grave, elle guérira vite. Mais mon autre blessure, qui me fait bien plus souffrir, n'est pas près de cicatriser. Celle qui s'est ouverte quand Phélina a parlé d'un certain manant ridicule, avec des rêves trop grands pour lui.

X

L'Archiduc dévoile son jeu

Mama Pouss est plus éprouvée que je ne le pensais. Elle est épuisée et boite d'une patte arrière. Pas question de la laisser partir toute seule. Je la libère et l'installe sous ma chemise, bien au chaud contre mon flanc. Elle somnole tandis que je l'emporte à travers toits pour la mettre en sécurité. Finalement, je la dépose à l'abri d'un caveau, sur un nid de feuilles, dans le vieux cimetière abandonné de Deux-Brumes.

– Attends-moi ici, ma belle. Je dois retourner au château pour inspecter la chapelle. Regarde, je ferme la grille du caveau, aucun matou ne pourra t'embêter. À tout à l'heure ! Nous irons chez moi et tu auras un énorme bol de lait.

– *Mrrrou* ?

Je lui grattouille la tête et rajuste le bâillon-autorité, que j'avais baissé pour lui parler. Puis je file comme une flèche vers la chapelle des Alchimistes.

Mon garde émotif est toujours ligoté et bâillonné dans sa tourelle. Un autre a pris sa place sur le chemin de ronde. On doit penser qu'il a déserté son poste, pauvre gars. Je glisse un écu d'argent dans sa bourse pour me faire pardonner. Médusé, il me regarde repartir.

Pas facile d'accéder à la chapelle entièrement cernée par la chorale. Je dois me jeter d'un mât très éloigné pour atteindre mon but. J'atterris et dérape à l'extrémité du toit rendu glissant par la pluie. Heureusement, une gargouille m'offre sa patte tendue sur le vide. Je m'y accroche du bout des griffes.

Avec ma dague, je détache quelques ardoises et me glisse sous la toiture. Me voici à l'intérieur, loin au-dessus du sol, dans la charpente qui rappelle la coque d'un bateau retourné.

– Mes chers vassaux ! Vous vous demandez pourquoi votre vieil ami l'Archiduc de Motte-Brouillasse vous a arrachés à vos chasses et à vos châteaux.

Ça m'étonnerait que les seigneurs et chevaliers, assemblés dans la chapelle, disent « notre vieil ami » quand ils parlent de leur maître. Ducs, comtes, barons, petits et grands de la noblesse, les nobles vassaux de l'Archiduc, sont tous présents. La plupart sont vêtus de noir, comme il sied à leur rang. Quelques-uns paradent dans leurs armures rutilantes.

– Vous êtes venus ici pour entrer dans l'histoire ! Une aube nouvelle se lève sur le royaume. Un soleil puissant s'apprête à y régner ! Et vous, mes grands vassaux, vous en serez les rayons !

Des hourras incertains montent de l'auditoire, qui se demande où il veut en venir. Devant le grand autel, dominant son public, l'Archiduc lève les bras vers le ciel.

– Avant tout, jurez de garder secret ce qui va vous être révélé. Autour de nous, la chorale fait une barrière sonore contre les oreilles indiscrètes. Hors de ces murs, nul ne doit entendre, rien ne doit être répété. Jurez !

C'est donc ça ! Les chants à l'extérieur sont censés couvrir ce que dit l'Archiduc à l'intérieur. Quel vieux goupil[1] !

Tandis que l'assemblée, main sur le cœur, prête serment, je passe de poutre en poutre vers une meilleure cachette. De ce nouveau point de vue, j'aperçois des têtes familières. Mon professeur, magister Georginio, assiste à la séance, placé derrière les invités de marque.

Devant la porte, l'épée à la main, le capitaine de la garde veille attentivement. Ses yeux de faucon

1. Renard.

vont et viennent sans cesse. À sa façon de scruter la charpente, il pense probablement à moi.

Parmi les nobles se trouve aussi le père de Phélina. Il n'est pas le plus titré, mais c'est lui qui jure le plus fort. Puis le silence se fait et l'Archiduc reprend :

– Mes fidèles compagnons ! Nous savons tous que je suis le souverain légitime du royaume. Et que la Reine usurpatrice me vole le trône !

Ça n'est pas un secret, l'Archiduc estime qu'il devrait être roi de notre royaume. Dans son idée, la Reine n'a pas sa place sur le trône, simplement parce qu'elle est une femme. Pourtant, elle est l'unique héritière de l'ancien Roi. Mais l'Archiduc pense que seul un homme peut gouverner. Et comme il est un cousin de la Reine, il prétend que la couronne lui revient de droit.

Hélas pour lui, le reste du royaume est fidèle à la Reine, qui gouverne avec sagesse. L'armée de l'Archiduc n'est pas assez puissante pour conquérir le pouvoir. Aussi a-t-il courbé l'échine… du moins jusqu'à présent.

La grande trappe dans le sol près de l'autel est ouverte. Le maître de Deux-Brumes la montre à l'assistance et proclame :

– Le temps des compromis est terminé. Celui de prendre le trône est arrivé ! Voici, mes gentilshommes, l'atout puissant qui nous donnera la victoire !

L'auditoire fait silence et les chants venus de l'extérieur emplissent l'espace. Alors, petits soldats tout droit sortis d'un conte, une douzaine de Ratakass vêtus et armés entrent en scène. Ils se déplacent avec un ensemble tout à fait militaire. Puis ils s'immobilisent en rang devant l'Archiduc tout fier.

La surprise agite les spectateurs. Je regarde les visages qui se défont, déçus, incrédules, mais nul n'ose rompre le silence. Seul un homme portant cuirasse émet quelques discrets « Ho ! Ho ! Ho ! », qui se changent vite en « Ha ! Ha ! Ha ! » plus forts, pour finir dans un grand éclat de rire. Le reste de l'audience se joint alors à son hilarité.

– Silence ! Imbéciles !

Le visage de l'Archiduc, profilé comme une lame, est soudain couleur de sang. Les gloussements s'étouffent dans les gorges. C'est que les têtes tombent vite, quand il prend ce ton-là.

– Chevalier Braillard, venez ici, avec moi.

Le chevalier en question n'a plus l'air amusé du tout. Il rejoint l'Archiduc sur l'estrade, contournant les Ratakass qui n'ont pas bougé.

– Expliquez-vous, Braillard.

– Votre Seigneurie me pardonne, mais… Je… Vous… Enfin, ces rats…

– Ça va ! J'ai compris. Vous doutez de la puissance de nos petits soldats.

– Ha ha ha ! Des soldats ?

– Si vous riez encore une fois, je vous ferai bouillir comme un œuf dans votre armure !

Après un net effort pour retrouver son calme, l'Archiduc reprend :

– Chevalier Braillard, votre valeur au combat est fameuse. Vous avez remporté plus de tournois que vous n'êtes capable d'en compter. Les femmes de vos ennemis sont toutes veuves, et vous chassez l'ours au poignard pour vous amuser.

– C'est ma foi vrai, ha ha ha… houp ! Pardon, Votre Seigneurie.

– Eh bien, vous allez vous battre en duel. Tout de suite, ici même !

– Morbleu, avec joie ! Contre qui ?

– Contre… *Mmh*… Attendez voir…

L'Archiduc parcourt du regard la rangée de Ratakass, hésite, et finalement fait son choix. Il en désigne un.

– Contre lui !

Tandis qu'on apporte une masse d'armes au chevalier estomaqué, l'Archiduc sort de sa pelisse un étrange objet. Je me rapproche de quelques poutres pour mieux le distinguer.

Il s'agit d'une boule de céramique, percée de multiples trous et pourvue d'une espèce de bec. L'Archiduc la porte à sa bouche, plaçant maladroitement ses doigts sur les orifices. C'est une sorte de flûte ! Il en tire quelques notes, avec l'application d'un enfant récitant une leçon. Aussitôt, tous les Ratakass se mettent en mouvement et disparaissent par où ils sont venus. Tous, à l'exception de celui qu'il a choisi pour combattre le chevalier.

La lutte qui s'engage alors, entre le rat revêtu de cuir clouté et l'homme bardé d'acier, ne détonnerait pas sur la scène du Cirque des Rats.

Les efforts du chevalier pour écraser son petit adversaire sont comiques. Le voir courir désespérément après le Ratakass amuse beaucoup l'assistance. Même l'Archiduc se déride. Et chaque fois que le rat s'immobilise, laissant Braillard élever sa masse, puis esquive la boule d'acier qui écrase le dallage, l'assemblée pousse des « oh ça ! » à l'unisson.

Mais le chevalier Braillard n'apprécie pas l'humiliation et s'énerve. Furieux, il frappe bientôt comme un fou, réduisant l'autel et le sol en poussière. Tant et si bien qu'il doit reprendre son souffle, s'appuyant sur sa masse comme sur une canne. À cet instant, le Ratakass s'abrite dans les gravats. Il arme sa petite arbalète, vise brièvement, et décoche une flèche longue comme le pouce à son adversaire.

Le chevalier reçoit le carreau dans le cou, juste

sous l'oreille. Il en tombe par terre avec un cri de douleur. Puis il se redresse sur un coude et arrache le projectile d'un coup sec. Des gouttes de sang éclaboussent son entourage.

– Vous êtes mort, chevalier Braillard ! s'exclame l'Archiduc.

– Que non ! Attendez un peu que j'écrabouille cette vermine !

– Assez ! Regagnez votre place et pansez cette blessure. Je vous dis que vous êtes mort.

Le chevalier mécontent retourne dans l'assistance. En chemin, il arrache la manche de sa chemise et se la noue autour du cou.

– Vous êtes mort, ou plutôt vous le seriez, si le carreau tiré par notre petit combattant était enduit de poison foudroyant. Ce poison, concocté ici même par mes propres alchimistes, imbibera bientôt toutes les flèches de notre armée de Ratakass !

L'assemblée se remplit de murmures. L'Archiduc souffle deux notes dans son instrument, et le Ratakass s'en va rejoindre ses frères.

– Ces bêtes, sous notre contrôle, s'introduiront partout où nous les enverrons, sans être vues de leurs victimes. Elles sont capables de décimer n'importe quelle armée humaine, avant même que la bataille ne s'engage ! D'éliminer tout ennemi, en l'approchant jusque dans sa chambre. D'abattre les traîtres, où qu'ils se cachent ! Derrière les troupes de Ratakass, nos soldats n'auront qu'à marcher vers la victoire en piétinant les corps déjà vaincus, ceux de nos ennemis, qui paveront notre chemin jusqu'au trône du royaume !

Des hourras s'élèvent, si fournis qu'ils couvrent la chorale dehors. L'Archiduc sait galvaniser ses hommes. Mais un noble à la barbe blanche semble plus réservé et s'avance vers son maître.

– Votre Seigneurie, combien de temps faut-il pour dresser ainsi ces drôles de rats ?

– Il n'y a pas de dressage. Ces Ratakass naissent ainsi, doués de facultés particulières. Grâce à une potion dont on nourrit les mères quand elles portent leurs petits. Ils ne deviennent pas des rats guerriers, ils naissent combattants, depuis les griffes jusqu'à la moelle.

– Et de combien de ces… combattants… disposons-nous ?

– Pour l'instant, seulement de quelques dizaines. Mais…

Une rumeur de déception parcourt l'audience. L'Archiduc saisit la masse abandonnée par Braillard et en frappe violemment l'autel. Le silence se fait instantanément.

– Ces dizaines de mâles ne sont qu'une avant-garde du présent formidable qui nous est fait. Bientôt, cinq cents femelles Ratakass seront ici. Ainsi que des barils de cette potion qui les fait accoucher de rats guerriers.

– Nous sommes loin d'en avoir une armée, Votre Seigneurie.

– Détrompez-vous ! Les femelles Ratakass donnent naissance à sept à quinze petits. Elles font une portée tous les deux mois. Après soixante jours, leur progéniture est en âge de combattre, pour les mâles, et de se reproduire, pour les femelles !

– Cela semble fort peu.

– Fort peu ? Vieillard sénile ! Ne savez-vous pas compter ? Avant l'été, nous aurons cent cinquante mille Ratakass pour former notre armée ! Cent cinquante mille petits guerriers ! Et autant de femelles pour renouveler l'effectif.

Agitation et émotion gagnent l'auditoire. L'Archiduc étend les bras pour apaiser ses hommes.

– Le navire qui transporte ces femelles Ratakass ainsi que leur potion est ancré au large du port. Vous avez probablement entendu parler de ce bateau mystérieux. Outre son chargement, ce vaisseau nous amène l'homme à qui nous devons ce merveilleux présent. Plus qu'un allié, c'est un ami, c'est un frère que nous allons accueillir. Bientôt il sera des nôtres, à part entière. J'attends que vous le receviez avec les honneurs dus à son rang !

– Qui est-il, Votre Seigneurie ?
– Le prince Viktar !

Au même instant, la porte de la chapelle retentit de coups frappés à l'extérieur. Le capitaine des gardes, sur un geste de l'Archiduc, déverrouille les battants. La personne qui se jette à l'intérieur est échevelée, ses traits sont déformés par la colère. Elle pousse le capitaine comme un gêneur et se rue vers l'Archiduc en hurlant :

– Il est là ! Il rôde dans le château, jusque dans ma chambre ! Mais réagissez !

– Allons, allons ! Que dites-vous là ?

– Chat Noir est ici ! Au chat ! Au chat !

– Chat Noir ? s'exclame l'Archiduc.

– Au chat ! crie le capitaine des gardes.

– Au chat ! Au chat ! reprend en chœur la noblesse.

Il m'a fallu un temps pour la reconnaître. C'est Phélina qui, réveillée, vient donner l'alerte ! Je suis sidéré, d'abord par son entrée, mais surtout par l'importance que l'Archiduc lui accorde.

– Capitaine ! Placez la baronnette de Belorgueil en sûreté. Et protégez-la, sur votre vie !

Puis il s'incline respectueusement devant elle. Un archiduc, des courbettes devant une petite baronnette ? Étrange. Mais il faut dire qu'elle est si belle…

– Nous allons vous trouver une résidence mieux

protégée. Vous qui nous êtes si précieuse ! Comment me faire pardonner ?

– Attrapez-le ! Écorchez-le et pendez-le ! Arrachez ses griffes et qu'on m'en fasse une parure !

– Je vous les promets ! Serties d'or, et incrustées de rubis rouges comme le sang de ses victimes.

Calomnie ! Chat Noir n'a jamais tué personne ! L'envie folle me prend de me montrer pour défendre mon honneur. Mais ce serait du suicide. D'autant plus que des soldats investissent la chapelle pour l'inspecter. Il est temps de déguerpir.

Le château est en alerte totale lorsque je le quitte. J'ai été aperçu sautant de la chapelle vers le mât, étape avant les remparts. Et c'est sous une pluie de flèches que j'ai dû m'enfuir. L'une d'entre elles m'aurait atteint en pleine face si, réflexe de félin, je ne l'avais déviée du revers de mon gant.

On tente de me poursuivre dans les rues, mais les troupes finissent par rentrer bredouilles au château. Mes adversaires savent par expérience que la nuit est mon alliée.

Mama Pouss dort profondément lorsque je la retrouve au cimetière. Tandis que je l'emporte chez moi, elle ne fait d'autre effort que celui de ronronner. Nous rentrons à la maison sans allumer de lumière. Je dépose la minette près de la cheminée pleine de braises. Puis, une fois redevenu Sasha, je m'installe à côté d'elle, pelotonné sur le tapis. Dehors, la roue du moulin nous berce de son grincement familier, qui compte chaque tour au passage du fleuve.

XI

Des poussins pour le prince

De bon matin, Cagouille et moi descendons au port où M. Crapoussin nous a donné rendez-vous. La nuit s'échappe juste, tirant sa couverture de brume sur les toits des maisons. Mais les quais sont déjà animés. L'activité qui nous entoure a quelque chose de feutré, comme si l'on respectait le repos des navires amarrés.

– Comment qu'on va trouver l'Crapoussin ? Y peut pas montrer sa frimousse au grand jour.

– C'est un maître du déguisement ! Pour entrer à Deux-Brumes, il a dû se rendre méconnaissable. Ouvrons l'œil.

– C'est *çaille* ! Et trois *œils* valent mieux qu'un.

Cagouille fait cligner son œil valide. Nous nous mettons à arpenter le pavé humide, scrutant les visages et les costumes. Soudain, il m'arrête.

– C'est lui ! R'garde ! J'en mettrais *ta* main à couper !

– La petite vieille, au bord du quai ? Oh, mais tu as raison.

Le déguisement est parfait. Mais pour nous qui le connaissons, sa petite taille le trahit, ainsi que son nez aux narines poilues dépassant du foulard qui le masque. De plus, il trimballe un long panier à anguilles, étui parfait pour camoufler son grand chapeau. Nous le rejoignons et je le complimente :

– Vous êtes encore plus réussi que déguisé en moine !

– Quoi ?

– J'ai d'excellentes nouvelles de Mama Pouss.

– Qui ça ? Connais pas.

– Oh, é, oh, *Grapoussin* ! *Faisez*-nous pas marcher, j'ai des chaussures neuves.

– Sois poli, garnement !

– *Arf arf !* L'lutin qui se *croille* encore au spectac' !

– Sacripant ! Abuser de mon grand âge pour se moquer ! Maraud !

Voici que Cagouille reçoit une pluie de coups de canne. Dans l'agitation, le panier tombe et s'ouvre. Il se répand alors sur nos pieds une masse grouillante d'anguilles enchevêtrées. Serpents noirs et visqueux, elles s'agitent frénétiquement, cherchant l'eau où certaines se précipitent. Tandis que Cagouille reçoit sa raclée, je danse sur un pied, horrifié, car l'une d'entre elles s'est glissée dans ma bottine.

– Quand vous aurez fini d'embêter les vieillés damés, réjoignez-moi donc !

La voix vient d'en bas du quai, au niveau de l'eau. C'est celle de M. Crapoussin installé dans une barque. Vêtu d'une tunique et d'un bonnet, il a l'air d'un pêcheur. Nous le rejoignons dans son embarcation qui vacille sous notre poids. Je fiche à l'eau l'anguille entortillée dans ma botte, puis me rechausse avec répugnance. M. Crapoussin détache la barque et nous fait ramer.

– Comment êtes-vous arrivé ici ? demandé-je.

– Trop risqué dé passer par la ville. J'ai préféré vénir par la mer, en mé faufilant entré les grands bateaux. Dangéreux, mais discret.

– Mama Pouss…

– … est en sécourité chez toi. Jé sais, mes rats l'ont voue. Merci infiniment dé l'avoir sauvée.

– Oh, c'est plutôt Phélina qu'il faut remercier.

Cagouille pousse une exclamation et manque d'en tomber à l'eau. Tandis que nous traversons le port en direction de la baie, je rapporte en détail les événements de la nuit. Surtout, je n'omets rien des révélations de l'Archiduc.

Finalement, nous atteignons un îlot de rochers révélé par la marée. Nous y accostons. Le petit homme récupère son chapeau caché sous un filet.

Nous nous asseyons sur les algues humides. Cagouille sort son couteau et s'attaque aux huîtres accrochées autour de nous.

– L'Archidouc n'a pas tout dit à ses vassaux. Avant dé viser la Reine et ses armées, il a oune autré guerré à gagner.

– Contre les Rats-des-brumes ?

– Exactément. Il doit gagner la guerré des rats. Vois-tou, lé Rats-des-broumes vivent dans un mondé parallèle au nôtre.

– Un monde souterrain ?

– Oun gigantesqué réseau dé galeries s'étend sous les constrouctions houmaines. Sous chaqué ville, les rats ont leurs tunnels. Sous chaqué maison, les rats ont leurs entrées.

– C'est justement comme ça que l'Archiduc compte utiliser les Ratakass. Ils pourront accéder partout où se trouvent ses ennemis.

– Oui, mais auparavant, il loui faut éliminer les Rats-des-broumes qui occoupent lé terrain.

– Avec leurs p'tites armes et du poison, les Ratakass vont *z*'en faire qu'une bouchée. Comme *çaille* !

Cagouille engloutit une huître, bruyamment. M. Crapoussin hoche tristement la tête, et fouille dans son chapeau. Il en tire une paire de bésicles[1]

1. Lunettes.

comme celles du bibliothécaire au Collegium. Puis il en sépare les deux lentilles, en colle une contre son œil et aligne l'autre à bout de bras.

– Ça mé permet dé voir plous loin.

– Et qu'est-ce c'est vous voyez ?

– *Lysyciyckyp*, messiré dé la Cagouille. C'est lé nom dou naviré dou prince Viktar. L'inscription sour la coqué est cachée, mais jé lé réconnaîtrais entré mille. C'est bien loui !

– Pourquoi attend-il au large, au lieu d'accoster ?

– Lé princé Viktar est proudent. Il débarquera lorsqu'il séra certain qu'aucun piègé né l'attend.

– Prudent comme un rat. Les deux Discoboles d'hier sont sûrement en reconnaissance. En tout cas, à en croire l'Archiduc, l'arrivée du prince Viktar à Deux-Brumes est imminente.

– Alors, il faut agir vité, cette nouit même !

M. Crapoussin me passe ses lentilles et je scrute la mer avec émerveillement. Tout est grossi, rapproché ! C'est fabuleux. J'aperçois même un petit bateau dans la zone de navigation interdite. C'est une embarcation officielle, richement parée, à bord de laquelle on distingue des personnes vêtues avec luxe. Certainement une délégation. Elle transporte aussi des cages à volaille comme on trouve sur le marché. Je le signale à M. Crapoussin. Il me jette un regard dégoûté.

– Des pétités bêtes. Lapéreaux, pigeonneaux, canétons, des poussins… Sourtout des poussins.

– Pour nourrir les Ratakass ?

– Non, pour nourrir lé prince Viktar. C'est oun monstré ! Les potions des alchimistes ont transformé son corps. Pour préserver ses facoultés, il sé nourrit dé pétits animaux vivants. En particoulier dou jous dé poussins pressés.

– Du jus de poussins pressés ? Mais c'est ignoble !

– Dis pas ça, Sashouille. Comment qu'on sait si qu'on a pas goûté ?

Notre présence commence à attirer l'attention des pêcheurs et nous ne tardons pas à remonter dans la barque. M. Crapoussin, qui meurt d'envie de retrouver Mama Pouss, suggère que nous allions chez moi. Nous ramons donc, à tour de rôle, vers l'embouchure du fleuve. Puis nous remontons le cours d'eau jusqu'au moulin.

J'attache la barque sous les fenêtres de l'atelier, en espérant que Bathilde ne nous remarque pas. Elle est de mauvais poil aujourd'hui, parce qu'elle forge des cercles de tonneau pour le père de Cagouille. C'est un travail banal qui l'ennuie profondément.

Fatigués d'avoir ramé, nous nous effondrons sur les coussins près de la cheminée. Mama Pouss n'a pas bougé depuis cette nuit. Elle s'étire nonchalamment en nous voyant, et vient se mettre en boule sur les cuisses du petit homme qui en a les larmes aux yeux.

– Elle n'est plous touté jeune, chère Mama Pouss. Jé crois qu'il est temps pour elle dé cesser lé vagabondage.

– Ma maison est la sienne. Elle est aussi la vôtre, si vous le souhaitez, M. Crapoussin.

– Merci, pétit chat, mais non. Jé né souis pas fatigué dé voyager.

Cagouille a fait un crochet par la cuisine. Il ramène un gros fromage et une miche de pain, qu'il tranche et fait griller devant les flammes.

– C'est même pas la peine d'essayer de *préviender* la Reine des manigances de l'Archiduc et du croqueur de poussins. On nous croira jamais.

– Et pourquoi pas ? C'est au contraire la meilleure chose à faire.

– Tou es fou, pétit chat ? D'abord, les manants commé nous n'entrent pas à la cour. Et pouis même, pour prouver la chose, il faudrait expliquer qué tou es Chat Noir ! La parolé d'oun criminel contré celle dé l'Archidouc ? Elle vaut jousté la cordé pour nous pendre.

– *Ouaille.* Moi j'dis qu'y faudrait profiter qu'ils ont mis tous leurs *yeux* dans l'même panier.

– Quel panier ?

– Ben, l'bateau, quoi !

– La Cagouillé a raison. Tous les problèmes sont rassemblés sour lé navire : les réprodouctrices Ratakass s'y trouvent. Tous les barils dé potion aussi. Et mêmé lé prince Viktar loui-même, avec ses Discoboles.

– D'accord, mais quoi ? On ne va tout de même pas envoyer le bateau par le fond.

– Mais si, c'est exactément cé qué nous allons fairé ! Ou ploutôt…

– … ou plutôt ?

– … cé qué Chat Noir va faire.

Non, M. Crapoussin ne peut pas être sérieux. Comment espère-t-il que je puisse faire couler cet immense navire ?

– Natourellément, Cagouillé et moi sérons là pour t'aider. Moi, jé vais préparer des explosifs qué tou iras placer aux points faibles dou bateau. Mon père était oun pétit Alchimisté dé Rivas'Tarak. Jé tiens dé loui quelqués récettes très outiles.

– Et *moille* ?

– Toi, tou séras chargé dé ramer jousqu'au navire. Sasha dévra économiser ses forcés. Il en aura bésoin pour sa mission.

L'idée me paraît démentielle. Rejoindre l'énorme nef de Viktar avec une petite barque, pour y poser des bombes et la faire couler ! J'ai l'impression d'être une fourmi à qui l'on demande de briser un rocher.

– Jé vais dévoir rassembler les ingrédients pour préparer mes bombes. Cagouillé va m'aider à les trouver. Toi, Sasha, va té réposer. Lé souccès dé l'opération réposé sour tes épaules.

Je m'installe près du feu avec Mama Pouss, tandis que Cagouille et M. Crapoussin s'apprêtent à sortir. À cet instant, la porte s'ouvre, et Bathilde apparaît dans l'encadrement. Un marteau et des pinces sont glissés dans la ceinture de son tablier de cuir. Son visage et ses mains sont noircis par la fumée de la forge. En apercevant Cagouille, elle s'apprête à aboyer quelque chose. Mais la vue de M. Crapoussin la rend soudain muette. Le petit homme paraît tout à coup très ému. Ma sœur retrouve vite la parole :

– Sasha ! Qu'est-ce qui te prend de ramener des étrangers à la maison ?

– Mais ça n'est pas un étranger. Je te présente M. Crapoussin. Un vieil ami de notre père. Il le connaît depuis très longtemps.

– Ça m'étonnerait. Jamais entendu parler ! Tu crois tout ce qu'on te raconte, frérot.

Cependant, ma sœur examine le petit homme avec intérêt. Elle est visiblement intriguée. Comme il s'approche d'elle et enlève son chapeau pour lui faire la révérence, elle semble frappée par quelque chose. Timidement, presque douloureusement, elle murmure :

– Pi… Pitaine Totoche ?

– Oooh ! Pétité Bathildé ! Tou né té souviens plous dou vieux Crapoussin…

Il fouille les profondeurs de son chapeau, longuement, et en retire une marionnette usée, rafistolée, qu'il brandit devant lui.

– … mais tou n'as pas oublié lé capitaine Fantoche !

Bathilde ouvre de grands yeux. Sa lèvre tremble un peu. Elle semble en proie aux émotions confuses de souvenirs qui lui échappent.

M. Crapoussin monte sur la table et se met à animer la marionnette qui représente un paladin. Et comme si Bathilde était une petite fille, il lui chante une comptine :

– *Capitaine Fantoche ! La, la qu'il est moche ! Et sa grosse caboche…*

D'une voix tremblante, Bathilde poursuit avec lui :

– … *ressemble à une cloche !*

Des larmes sillonnent la suie sur les joues de ma sœur. Elle fait volte-face, claque la porte derrière elle, puis disparaît. Ses pas résonnent en direction de l'atelier.

– Ne lui en veuillez pas, l'excusé-je. Bathilde est comme ça. Lorsqu'elle est émue, elle se referme comme un coquillage.

– Purin, vous connaissez la sœur à Sashouille ?

– Quand elle était enfant, jé la faisais souvent rire avec cetté chanson. Jousqu'à la naissance dé son frère. Après, nos routés sé sont séparées.

– Il veut dire jusqu'à la mort de notre mère.

Bathilde a cinq ans de plus que moi. Dans les souvenirs de sa petite enfance, il y a le visage de notre mère. Et l'inguérissable blessure de l'avoir perdue en échange d'un petit frère.

XII

La course contre l’aube

– Qué régardes-tou commé ça, pétit chat ? Tou as l’air mélancolique.

– Le ponton mortuaire, d’où la barque funèbre de mon père est partie pour son voyage éternel. Un flambeau y reste allumé.

– J’y étais, cé jour-là, tou sais. Jé t’avais examiné discrètément. À cé moment, jé né té pensais pas capable dé dévénir Chat Noir.

– Au lieu d’*discutailler* vous feriez mieux de m’aider à ramer. C’est vrai, y a qu’moi qui m’use, là !

– Non, la Cagouillé. Sasha doit garder la forcé dans ses bras. Et moi, j’ai des prodouits à mélanger. Dépêché-toi, nous né sommés pas en avance.

– Et en plus faut que j’me grouille ! Quel esclavage !

Les lumières de Deux-Brumes s’éloignent, au fur et à mesure que Cagouille mène la barque vers le large. Nous sommes partis très tard. Ils ont eu du mal à rassembler les ingrédients pour les bombes de M. Crapoussin.

Je défais ma veste nouée comme un sac et en retire mes précieux gants-griffes. Puis je m'équipe sous le regard de mon copain, qui s'étonne devant mon bâillon-autorité.

– C'est nouveau, *çaille* ! Qu'est-ce c'est ?

– UNE INVENTION DE BATHILDE POUR FILTRER TON ODEUR.

– Chut ! Tou es fou, pétit chat ? Silencé ! Les brouits portent loin, sour la mer.

La lune joue à cache-cache derrière les nuages épars. Elle nous plonge dans une obscurité angoissante puis, l'instant d'après, sème des reflets d'argent jusqu'à l'horizon.

La nef du prince Viktar est beaucoup plus éloignée qu'il ne semblait depuis la côte. Cagouille s'essouffle, et le navire n'en finit pas d'approcher. Lorsque enfin nous pouvons en distinguer les détails, il me semble énorme. Je baisse mon bâillon pour parler à voix basse :

– Et vous imaginez que l'on peut faire sombrer ce château fort flottant ?

– Rien n'empêché d'essayer. Et avec mes explosifs, c'est garanti.

M. Crapoussin a mélangé ses produits dans des

récipients en verre transparent. Leurs bouchons sont scellés par de la cire. Deux grosses bonbonnes qu'il garde près de lui, et trois bouteilles rondes qu'il range dans une besace.

– Voilà ! C'est pour toi, pétit Chat Noir. Il té souffit dé placer ces bombes contre les trois mâts dou navire. La Cagouillé et moi, on s'occoupéra dé fixer les deux grosses, dé chaqué côté dé la coque.

– Comment ? Il faut que je monte à bord ? Pourquoi faire sauter les mâts ?

– Même avec la coque trouée, oun si gros naviré met longtemps à couler. Sans ses voiles, il né pourra pas manœuvrer et sé rapprocher dé la côte.

Je prends la besace avec une infinie délicatesse.

– Tou peux sécouer les bouteilles, ça n'explosera pas commé ça.

– Où est la mèche pour la mise à feu ?

– Il n'y en a pas ! Cé liquide réagit à la loumièré dou jour. Dans la nouit, impossible d'exploser. Mais dès que lé soleil sé montrera à l'horizon... *Boum !*

Un liquide qui explose lorsque la lumière du soleil le touche. C'est presque de la magie !

– Grouille-toi, Cagouille ! On a intérêt à être loin avant l'aube.

– Oh, eh, oh ! Descends pousser, si t'es pressé.

En approchant du navire, ma conscience se réveille. L'idée d'envoyer par le fond les gens qui sont à bord m'apparaît effroyable. Je fais part de mes doutes à M. Crapoussin.

– Sentiment honorablé. Mais entre les Discoboles qui sont des assassins, et l'équipagé récrouté parmi les pirates dé Rivas'Tarak, il n'y a personne à bord qui né mérite cent fois la corde. Quant au prince Viktar, cé démon ! il a plous dé morts sour la consciencé qué j'ai dé poils sour les joues.

Nous parlons à voix basse, car la nef n'est qu'à quelques toises. Des flambeaux éclairent le pont, ainsi que le château arrière. M. Crapoussin me passe ses lentilles pour voir plus loin.

– Prépare ton chémin. Répère les endroits où tou vas placer les bombes.

À cette heure de la nuit, l'équipage doit dormir. J'aperçois cependant quelques gueules patibulaires, qui vont et viennent sur le pont. Puis en examinant le château arrière, je découvre un visage bien moins effrayant.

– Il n'y a pas que des monstres, à bord. Regardez !

Je montre à M. Crapoussin le jeune homme qui se tient là, appuyé rêveusement au bastingage. Il doit avoir une vingtaine d'années. Sous des cheveux bruns, que la brise fait onduler sur ses épaules, la lune révèle le plus beau visage que j'aie jamais vu.

Ses traits, empreints d'une certaine mélancolie, sont illuminés par des yeux pleins d'intelligence. Il est grand, athlétique. Si proche de l'idéal que j'en ressens quelque jalousie. Mais ça n'est pas une raison pour l'envoyer parmi les poissons.

Il soupire. Ce geste soulève un torse musclé sous son vêtement tissé de fils cuivrés. D'un pas souple et rapide, il s'éloigne et disparaît vers l'intérieur du bateau.

– M. Crapoussin, il y a un passager ! On ne peut pas…

– Oun passager ?

La voix du petit homme tremble de peur. Il nous fait descendre au fond de la barque pour rester mieux cachés.

– Ton passager, c'est lé prince Viktar !

– Lui ? Mais vous parliez d'un monstre. Il est si jeune !

– Jeuné ? Nous avons lé même âge. Jé t'ai expliqué qu'à Rivas'Tarak les alchimistés font des miracles. Lé princé Viktar né vieillit pas, et son corps est parfait. Grâce à des potions absorbées pendant son enfance. Et son intelligencé est à l'égal dou reste ! Dé plous, il n'a presqué pas bésoin dé dormir.

– Il y en a beaucoup des gens comme lui, à Rivas'Tarak ?

– Non, seulément des rois et des princes. La

potion est un sécret réservé à la famille royale. Elle coûte si cher qu'on saigne lé peuple à blanc pour élever de beaux princés commé loui.

– Purin, imaginez si tout le monde pouvait êt' beau et *z*'intelligent rien qu'en buvant une potion ! Personne a essayé d'en inventer une comme ça, mais pas chère ?

– Si, mon propre père alchimisté. C'était son rêvé dé créer oune récette similaire, avec des ingrédients bon marché.

– Et *alorss*, il a réussi ?

– À vous d'en jouger. Jé souis lé résoultat dé son ounique expérience.

La proue de notre barque cogne doucement le flanc du navire. Le bruit du choc se noie dans le clapot des vaguelettes. M. Crapoussin attache une ficelle au goulot de l'une de ses bonbonnes. Puis il entoure d'un linge la tête d'un marteau, et cloue délicatement la bombe juste au-dessus du niveau de flottaison.

– Qu'attends-tou, pétit chat ? Au travail, file ! Avec la Cagouillé, nous allons miner l'autré flanc dou navire. Rétrouve-nous dé l'autré côté.

La surface humide et glissante de la coque, ajoutée à sa forme bombée, ne facilite pas l'escalade. Mes griffes s'y enfoncent sans problème, mais je me retrouve les pieds dans le vide et manque de finir à l'eau. Aussi, je me fais conduire à l'arrière du bateau, la poupe, qui offre une surface verticale plus proche d'un mur.

– Gaffe qu'on te voie pas, Sashouille ! C'est p't-êt' plus facile à grimper, mais y a des fenêtres *enluminées.*

– C'est là qué logé lé prince Viktar et les officiers. Sois proudent.

Toute la surface arrière du navire est sculptée de grands êtres mi-humains, mi-poissons. Je me hisse au sommet de l'énorme gouvernail partiellement émergé. Puis j'évolue avec aisance, trouvant des prises faciles dans les reliefs taillés dans le bois. La plupart des fenêtres ont leurs rideaux tirés sur des cabines obscures. Mais la dernière rangée, à l'étage le plus haut, est entièrement éclairée.

Les griffes plantées dans la barbe d'un triton[1], je jette un coup d'œil à l'intérieur. Un mobilier somptueux confirme ce dont je me doutais : ce niveau est habité par le prince Viktar. D'ailleurs je l'aperçois, assis à une table, son profil divin se découpant dans la lumière des lampes aux réflecteurs en or. Sans lever les yeux du gros livre devant lui, il attrape une sorte de chope surmontée d'une partie métallique.

1. Équivalent masculin d'une sirène.

Puis il plonge une main chargée de bijoux dans un sac de velours. Il en retire un poussin, qui agite désespérément les pattes. Le prince Viktar soulève le couvercle, y place la petite bête, et le referme avec force.

Alors, à ma plus grande horreur, un triste *pip !* se fait entendre puis plus rien, tandis que le jus rouge du pauvre poussin se répand dans le verre. Le prince Viktar retire le pressoir, puis poursuit sa lecture en se délectant de l'affreuse boisson.

Mes scrupules, si j'en avais encore, sont balayés d'un coup. L'envie me prend de placer une bombe contre la fenêtre, près de ce monstre. Mais je ravale ma rage. Mieux vaut s'en tenir au plan convenu.

Je contourne le château arrière par le bastingage pour me retrouver sur le pont. Le premier mât est tout proche. C'est un jeu d'enfant de poser une bouteille à sa base, coincée entre des cordages. Je prends soin de la placer de telle sorte que les rayons du soleil pourront l'atteindre.

Au pied du deuxième mât, le plus haut, trois hommes jouent aux dés sur un tonneau. J'en ai croisé de vilaines faces de coupe-jarrets, dans les mauvais quartiers de Deux-Brumes. J'en ai déjà vu, enchaînées au pilori, des gueules de criminels à vous faire frémir. Mais ces hommes-là ! Ils ont des visages de cauchemar. Leurs regards sont ceux de chiens à qui l'on voudrait prendre leur os. Les armes à leur ceinture, lames courbées et nues, ébréchées mais acérées, me donnent le frisson.

Mieux vaut prendre du champ et grimper dans le mât par des cordages distants. Une fois dans le gréement, bien au-dessus des trois affreux, j'attache une bouteille à de la ficelle prise dans la besace. Puis je fais descendre la bombe, comme une araignée au bout d'un fil, le plus bas possible. J'attache finalement le tout à une poulie, en espérant que ces pirates n'auront pas l'idée de lever le nez avant l'aube. Aube qui ne saurait tarder, d'ailleurs. Déjà, l'horizon s'éclaircit. Je ferais bien d'accélérer le mouvement !

Sans quitter les hauteurs, je me laisse glisser le long d'un cordage tendu entre les mâts. Je rejoins ainsi mon troisième objectif en un clin d'œil. Là, vers l'avant du navire, seul se trouve un goéland endormi qui s'envole à mon approche. Il ne me faut qu'une minute pour poser ma dernière bombe.

Un instant après, j'enjambe le bastingage. La figure de proue m'offre un support idéal pour descendre vers la surface de l'eau. Je plante mes griffes tout au long de son corps de sirène géante, puis me retrouve suspendu dans le vide au-dessus de la mer. Cagouille m'a repéré depuis longtemps. Il place la barque juste en dessous et me cueille avec précision.

– Mission *accomplite* ? chuchote-t-il.

Je fais oui de la tête.

– Tout est prêt. Lé jour va sé léver. Filons ! C'est lé moment dé battre des récords dé vitesse !

Quand nous sommes à bonne distance, Cagouille, qui vient de ramer comme un fou, fait une pause et laisse dériver la barque. M. Crapoussin en profite pour sortir les lentilles de ses binocles et inspecter le navire.

– Sashouille, à ton tour de ramer. *Moille*, j'en peux p'us. J'ai les biscotos essorés.

– Mais, qu'est-cé qué c'est cetté donzelle ?

– Donzelle vous-même, lutin d'mes chausses ! J'rame comme un galérien et on m'traite de fille ?

– Pas toi, la Cagouillé. Sasha, régarde.

M. Crapoussin me passe ses lentilles. À l'arrière du navire est apparu un passager inattendu. Dans la lumière des lanternes, la personne s'étire et rejette ses longs cheveux décoiffés. Visiblement, elle vient de se réveiller.

– LAISSE-MOI TA PLACE !

Je pousse cagouille et prends le banc du rameur. Mes griffes plantées dans le manche des rames, je fais faire demi-tour à la barque et la propulse à toute vitesse.

– NOUS DEVONS… Han ! ALLER… Han ! ENLEVER LES BOMBES ! Han ! VITE !

– Tou es fou, pétit chat ! Lé jour est en train dé sé lévér !

– JUSTEMENT ! PHÉLINA EST À BORD DU NAVIRE !

Sans aucun doute, elle y est venue avec la délégation envoyée hier. C'est de ma faute ! Après la visite de Chat Noir dans sa chambre, l'Archiduc avait promis de lui trouver une autre résidence. Ils doivent s'imaginer que je lui en veux ! Pourtant, le navire du prince Viktar me semble le dernier endroit où mettre une jeune femme en sécurité.

– Nous n'aurons pas lé temps. L'aubé est à l'horizon !

J'économise mon souffle et ne réponds pas. Cagouille et Crapoussin gardent aussi le silence jusqu'à ce que nous heurtions le navire. J'espère qu'on ne nous a pas vus approcher, car le ciel s'éclaircit.

– Bon ! Cagouillé et moi allons décrocher les bombes sour la coque. Il souffit de les jeter à la mer, elles n'exploseront pas dans les profondeurs.

Je bondis contre la paroi du navire et l'escalade à la force des bras, les jambes ballantes. Pas le temps d'être discret ! La bombe la plus proche est placée à l'avant. Je me jette sur elle et l'envoie par-dessus bord. Avant même que le *plouf !* me parvienne, j'ai sauté dans le mât central où pend la bouteille accrochée à sa ficelle.

– *Ekiqva* ! *Ym omvqyr* !

– *Isseqab-ma !*

Les trois affreux joueurs de dés n'hésitent pas. Dès qu'ils m'aperçoivent, ils escaladent la mâture, agiles comme des écureuils. Le premier qui me rejoint balaye l'air devant lui avec son long poignard. D'un furieux coup de griffes, je lui arrache l'arme du poing. Puis je me laisse tomber sur sa tête, l'envoyant culbuter ses deux acolytes qui grimpaient en dessous. Les trois hommes s'écrasent sur le pont. Je me suspends au mât juste au niveau de la bouteille ronde.

Le liquide à l'intérieur a changé de couleur. Les premiers rayons du soleil y font naître des bulles et la mixture tourbillonne lentement. J'arrache la ficelle et envoie la bombe dans l'océan.

À l'arrière du navire, j'aperçois Phélina. Elle m'observe avec stupéfaction. Ses longs cheveux reflètent le rosé des couleurs de l'aube. Soudain, le prince Viktar fait irruption sur le pont, encadré de plusieurs Discoboles. Sur son ordre, deux d'entre eux entraînent la jeune fille dans les entrailles du navire.

La dernière bombe est tout près d'eux. Je me balance dans les hauteurs, de cordage en cordage, et finis ma course en griffant une voile pour ralentir ma chute jusqu'au sol.

Un disque de métal passe comme une faux et fend un morceau de ma capuche. Je n'en ai cure ! La bouteille ronde est à deux pas de moi. Je me jette sur elle. Mais avant que je l'atteigne, un coup d'une violence inouïe me projette au sol. Le Discobole dont je viens de recevoir le genou colossal en pleine poitrine se campe devant moi. Je me redresse péniblement, le souffle coupé.

Il s'apprête à frapper encore, mais le prince Viktar l'interrompt. Royal, il me toise, et je le trouve d'une beauté telle qu'il en est presque inhumain. Je recule, effrayé, et me retrouve le dos collé au bastingage. Un coup d'œil en dessous me laisse voir la barque que Cagouille rapproche.

Le prince Viktar sourit. Il se penche vers la bouteille ronde dans laquelle le liquide s'est mis à bouillonner. Puis il la ramasse, la tient devant lui, et l'examine avec curiosité. Sait-il le danger qu'elle représente ? Si c'est le cas, il est d'un sang-froid absolu. Avec grâce, il me rejoint et me domine de toute sa hauteur, un sourire presque rassurant sur les lèvres. Ses vêtements, tissés avec un fil métallique, reflètent les premiers rayons du soleil et m'éblouissent.

L'intérieur de la bouteille commence à émettre un

son inquiétant. Alors, rapide comme l'éclair, le prince Viktar la plaque contre mon ventre. Il me soulève, si vite que je n'ai pas le temps de réagir, et m'envoie par-dessus bord avec la bombe.

Sa force est telle que me voilà projeté, tourbillonnant, comme une plume dans le vent. Un cri s'échappe de ma gorge ! Avant de toucher l'eau, je jette le plus loin possible la bouteille devenue brûlante. Tout près de moi, j'aperçois la barque où s'agitent mes compagnons.

Puis une explosion assourdissante fait disparaître le monde dans une lumière aveuglante. Confusément, je sens les flots m'envelopper. Pris de panique, je griffe l'eau désespérément, sans rien trouver à saisir pour m'empêcher de sombrer.

XIII

Le destin mène la barque

– *Grapoussin*, y a pas à manger dans votre *chapieau* ?

– Non, mais il y a dé quoi pêcher dou poisson.

La gorge me brûle de toute l'eau salée que j'ai crachée en reprenant connaissance. Sans le secours de Cagouille qui a plongé pour me ramener à la surface, bien qu'il sache à peine nager, à l'heure qu'il est je dormirais au fond de l'océan. D'un sommeil dont on ne se réveille pas.

– Tiens, voilà dou fil, des pétits plombs, oun hameçon. Mais jé n'ai pas d'appât à té donner. Mon chapeau n'est pas oun gardé-manger.

– Vous bilez pas, j'ai sûrement qu'est-ce qui faut.

Cagouille se met à fouiller les poches de ses vêtements trempés. Moi, je range soigneusement mes gants-griffes, mon croque-serrures et mon bâillon-autorité dans ma veste noire qui se referme comme un sac. Cet équipement de chat de gouttière ne vaut rien dans l'eau. À cause de lui, j'ai failli me noyer.

Loin de la côte, nous dérivons sous le soleil qui vient d'atteindre son zénith. La barque s'est retournée sous le choc de l'explosion. Elle a le ventre à l'air. Nous la chevauchons comme un curieux cheval marin qui nous emporte au gré des courants. Notre sort est confié au destin.

Cagouille finit par dégoter un bout de fromage sous sa tunique. Le fragment informe dégage une odeur à me faire regretter la noyade.

– *Voilàille !* Aucun poisson résistera à un appât comme çui-là.

– Au lieu d'appâter avec le fromage, tu peux aussi bien utiliser les asticots qui l'habitent.

– Pas bête, mon Sashouille !

Cagouille extirpe un à un les petits vers du fromage, puis mange le morceau quand il en a expulsé tous les habitants. Mis en appétit, il fouille sous sa chemise à la recherche de quelque autre résidu oublié. Mais soudain, il s'affole :

– Purin de *merdre* !

– Quoi ? Une de tes puces s'est échappée ?

– C'est une *castatrophe* ! J'suis ruiné !

– Rouiné, la Cagouillé ?

– J'ai perdu mon précieux collier ! Çui qu'tu m'avais donné, Sashouille, qui vaut des milliasses de milliasses ! A'c des joyaux gros comme des crottes de bique, beaux comme des œufs d'limace !

– Hou, mais c'est oun poèté !

– Vous, l'lutin, la ram'nez pas ! C'est à cause de vos maudites bombes que ma fortune est au fond d'la mer !

– Calme-toi, tu vas nous faire chavirer.

Cagouille se renfrogne. Il embroche rageusement quelques asticots et envoie l'hameçon dans l'eau. Mine de rien, je suis soulagé qu'il soit débarrassé de ce bijou. Il lui aurait probablement attiré des ennuis, un jour ou l'autre.

La nuit finit par tomber sur la journée la plus angoissante et la plus humide de toute ma vie. Le ciel s'obscurcit. M. Crapoussin, qui sait voyager aux étoiles, fait la grimace.

– Mauvaisé nouvelle. Nous nous éloignons des côtes. Les courants nous entraînent vers lé large.

– *Alorss*, on va flotter jusqu'au bout du monde, et tomber dans l'ciel ?

– Ne dis pas de bêtises. Nous aurons coulé bien avant l'horizon.

– Si oun monstré marin né nous dévoré pas d'abord !

– *Fouichez*-vous pas d'moi, y a pas d'quoi rigoler.

– J'étais sérieux.

– Moi aussi, la Cagouillé.

Le poisson cru que distribue Cagouille n'est pas mauvais. Mais il ne fait qu'accentuer la soif qui nous taraude davantage que la faim. Puis la fatigue et le froid engourdissent bientôt toute autre sensation.

– Dormons à tour de rôle, suggéré-je. Un à la fois, calé entre les deux autres qui veillent, pour éviter de glisser.

Unanimement, on m'accorde le premier tour de sommeil. Mais lorsque j'ouvre les yeux, le soleil est déjà en train de se lever. Ils m'ont laissé dormir toute la nuit.

– On s'est dit qué tou étais lé plous fatigué dé nous trois, après tes exploits. On n'a pas eu lé cœur dé té réveiller.

La journée passe avec une lenteur cauchemardesque. Notre solitude au milieu de la mer est désespérante. Lorsque le jour décline, j'ai le sentiment que nous ne verrons pas la prochaine aube. Quand, soudain, Cagouille s'anime.

– Y a une tache vers là-bas, ou j'ai des *illuses* ?

– Eh ? Tou perds la boulé, la Cagouillé.

– J'ai p't-être qu'un *z'yeu*, mais y voit plus clair qu'les deux *œils* d'un lutin rabougri.

M. Crapoussin brandit les lentilles de ses binocles et plisse les yeux. Cagouille pointe le doigt vers le lointain. En effet, il me semble aussi qu'une masse sombre se découpe à la surface de l'eau.

– Ça n'est pas oune illousion !

– C'est *quoille* ?

– Oune île ! C'est oune île !

Hélas ! nous ne pouvons pas nous diriger, et l'enthousiasme retombe. Mais nous avons tort de désespérer ! Car le courant nous pousse tout droit vers ce grain de beauté sur la face de l'océan.

Lorsque les vagues nous jettent sur la rive, le soleil a bien entamé sa descente derrière l'horizon. Juste à temps ! Notre embarcation n'était pas loin de sombrer. Malgré l'épuisement, nous avons la présence d'esprit de la tirer au sec.

– Cé séra notré ouniqué moyen dé répartir d'ici.

– Pourtant, c'pas les bateaux qui manquent. R'gardez autour de *vouille* !

Le rivage est jonché de barques qui pourrissent lentement. Certaines ne sont plus que des carcasses agrippées aux rochers qui les ont éventrées. D'autres sont des épaves englouties partiellement par le sable. La lumière crépusculaire étire leurs ombres innombrables, depuis la vase luisante jusqu'à la lisière des arbres après la plage.

– Purin de *funesterie* ! On croirait un genre de cimetière !

– Tu ne crois pas si bien dire. Je sais où nous sommes.

– La Cagouillé a raison. Cé sont des barques founèbres ! Des cercueils flottants !

– Nous sommes sur l'île Maudite.

J'avance vers l'épave la plus proche. Cagouille me rejoint et nous restons figés. Un squelette aux vêtements en lambeaux y est allongé, entouré des objets qui lui étaient familiers de son vivant. Celui-ci devait être artisan, comme le prouvent les outils rouillés qui l'accompagnent. Un autre squelette couvert de son bouclier, un peu plus loin, devait être un soldat. Celui-ci encore, envahi par le varech, pose sa main décharnée sur une balance de marchand.

– Qu'est-cé qué cetté îlé Maudité, dont tou parles ?

– Vous savez que, dans la région de Deux-Brumes, on confie les morts à l'océan. Les barques sont lancées vers le large au cours d'une cérémonie. Elles sont conçues pour s'enflammer et brûler lentement. Leur voyage les emmène jusqu'à l'horizon, où elles se fondent dans la lumière du soleil. Alors, l'âme du défunt passe dans l'autre monde. Comme par une porte de lumière.

– *Ouaille !* Plus simplement, on colle le macchabée sur un bateau, on y *fouiche* le feu, pis on l'balance à la flotte où c'qu'il ira dormir avec les poissons.

– Un peu de respect, Cagouille.

– Continoue, pétit chat.

– On dit que certains morts n'ont pas mérité le séjour divin. Et que les anges conduisent leurs barques vers l'île Maudite. Leurs âmes s'échouent et hantent les lieux jusqu'au pardon de leurs péchés.

– Traduction, y a des fois où c'que la barque brûle mal, et l'courant les fait *naufragier* ici. Comme nous.

– C'est logiqué. Lé mêmé courant nous a emportés au mêmé point qué ces barqués founèbres.

La nuit tombe vite, le paysage commence à perdre ses couleurs. Nous sommes morts de soif. Pour trouver de l'eau ce soir, il faut explorer l'île immédiatement. Nous faisons quelques pas vers les arbres, mais Cagouille s'arrête net et me prend par le bras.

– R'gardez ! C'est quoi, *çaille* ?

– Sûrement pas les traces d'un fantôme.

– C'est pire ! V'voyez pas qu'c'est les traces d'un monstre ?

Une longue traînée, encadrée d'empreintes rondes, provient de l'intérieur de l'île et dessine des entrelacs sur le sable. Son parcours semble avoir visité plusieurs épaves avant de s'en retourner. Ce sillon continuel, avec sa multitude de trous de chaque côté, fait penser à un mille-pattes géant dont le ventre traînerait par terre.

– Ça s'rait comme une araignée *gigantex* qu'aurait la panse si tant pleine qu'elle frotterait sur l'sol.

Je préfère mon hypothèse à celle de Cagouille. Nous choisissons d'entrer sous les arbres le plus loin possible de ces traces inquiétantes. La végétation est grasse, moussue, humide. Nous découvrons très vite un ruisseau qui serpente, et nous nous y abreuvons avidement ! Après nous être aspergés, car l'eau salée nous a brûlé la peau pendant deux jours, nous décidons de suivre son lit caillouteux.

La zone intérieure de la petite île gagne rapidement en altitude. Les arbres du rivage laissent la place à de hautes herbes parsemées d'énormes rochers. À l'abri de l'un d'entre eux, nous établissons notre camp.

M. Crapoussin, dont le chapeau pourvoit vraiment à tout, fait apparaître un briquet à silex. Nous allumons un petit feu. Cagouille embroche quelques champignons ramassés en chemin et les place près des braises. Nous grignotons en silence, puis la nuit pose sur nos épaules son lourd édredon de sommeil.

Je m'endors lové dans l'herbe lorsque Cagouille, parti soulagé quelque besoin, revient précipitamment sans s'être reculotté. Tout affolé, il couvre de terre notre petit foyer. Les flammes s'étouffent et l'obscurité nous engloutit.

– Ça va pas, la Cagouillé ? Tou as trop chaud, peut-êtré !

– *Quoille !* Vous voulez du feu ? Ben, v'nez voir !

Il nous entraîne au sommet du rocher qui nous abrite. De ce point de vue, nous distinguons toute l'île. Son pourtour se découpe en ombre contre l'océan luisant sous la lune. Elle n'est vraiment pas bien grande.

– R'gardez, là-bas !

À une certaine distance, le rougeoiement d'un feu de camp crève l'obscurité. Nous ne sommes pas seuls !

– Il faut aller voir.

– Que nenni[1] ! Qui qui peut habiter une île pleine de squelettes, a'c en plus un monstre qui rôde ? Sûrement pas ma mémé. Moi j'dis, planquons-nous cette nuit, et sauvons-nous à l'aube ! On bricolera bien une paire de rames.

– Non. Mieux vaut surprendre que d'être surpris. Je vais y aller. Attendez-moi ici.

– Voilà qu'ça donne des ordres, maint'nant ! Môssieur Sasha Noir a la *folie des glandeurs*, ou *quoille* ? Si t'y vas, j'y *vas* aussi. Et *Grapoussin z*'avec.

Mon équipement de Chat Noir est loin d'être sec. Je parviens à l'enfiler, mais avec peine. Hélas ! les

1. Non !

gants-griffes n'ont pas aimé leur séjour aquatique. Le cuir des paumes a rétréci, tandis que les manchons en peau plus épaisse sont gorgés d'eau. Quant au mécanisme des griffes, il réagit à retardement, produisant des grincements pitoyables.

Nous nous mettons en marche en direction de la lumière. La zone que nous traversons devient marécageuse. Finalement, le sol s'assèche à nouveau lorsque nous approchons des arbres près du rivage.

– On né voit plous les flammes.

– C't'à cause qu'on est en contrebas. En tout cas, on renifle bien l'odeur de la fumée.

– Chut ! Nous approchons. Sans vouloir vous commander, laissez-moi aller seul en reconnaissance. Je vais approcher par la cime des arbres.

Cette marche supplémentaire a ajouté à notre épuisement. Cagouille ne proteste pas et s'affale par terre. M. Crapoussin me fait signe d'être prudent.

Les grands arbres sont faciles à escalader, je m'y déplace comme un écureuil. Bientôt, me voici en vue d'un modeste campement où brûle un feu de branches. Une silhouette me tourne le dos, assise face aux flammes sur une pierre. À peine plus loin, la forme arrondie d'une hutte abrite peut-être d'autres individus. Je rentre mes griffes, cueille une poignée de glands dans le chêne où je me trouve, et les jette en direction de l'abri.

Aussitôt, la personne assise près du feu s'empare d'un arc et l'arme d'une flèche. Sans se lever, elle vise l'endroit où sont tombés mes projectiles. Mais personne ne sort de la cabane. L'homme semble être seul.

Avant de rejoindre mes amis, j'aimerais bien savoir à qui nous avons affaire. Pour voir son visage, il me faut passer de l'autre côté. Plutôt que de faire le tour, je décide de sauter de la cime où je me trouve vers les branches d'un arbre un peu distant. Mal m'en prend !

Je bondis en faisant surgir mes griffes. Hélas ! grippées par l'eau de mer, elles restent coincées dans leurs logements ! Impossible de m'accrocher.

Mes doigts glissent sur la branche qui devait m'accueillir. Je tombe, et de si haut que j'ai le temps d'entendre celui que j'espionnais m'interpeller. Puis je heurte le sol de tout mon long. J'en ai le souffle coupé. La violence du choc est telle qu'un goût de sang m'emplit la bouche. Un éclair de lumière brutal éclate derrière mes yeux ! Puis l'obscurité m'absorbe. Et je tourbillonne dans les ténèbres d'un gouffre d'inconscience. Le monde s'éteint.

XIV

Un autre voyage

Je suis mort.

Certains racontent que les êtres chers qui nous ont quittés nous accueillent dans l'au-delà. C'est vrai. Car, en m'éveillant dans l'autre monde, tout est flou sauf une chose : le visage de mon père penché sur moi, souriant. Il n'est plus tout à fait comme lorsque nous étions vivants. Ses cheveux grisonnants sont devenus blancs comme neige. Tout comme la barbe qui éclaire son visage, remplaçant la fine moustache qu'il portait avant.

– Bonjour, mon fils.

– Père ! Je suis... monté au ciel ?

– Au contraire. Tu en es descendu. Trop vite, d'ailleurs.

Une puanteur que je connais bien, celle de Cagouille les jours sans vent, me ramène à l'évidence : je suis encore vivant ! Il approche son museau de mon visage. Comme ses cheveux frôlent la joue de mon père, celui-ci arbore une mine dégoûtée. Mon père. Est-ce bien lui ? Mon père !

– T'affole pas, Sashouille. T'es juste tombé sur la tête, de c'côté-là tu risques rien.

– Au lieu d'asphyxier mon garçon, va chercher la tisane de Crapoussin. Dépêche-toi.

Cagouille disparaît. Je veux me redresser, mais la tête me tourne et je manque de perdre connaissance. On me tient la nuque, on porte à mes lèvres un breuvage brûlant, puis le monde alentour commence à reprendre ses couleurs.

– Père, tu n'es pas mort !

– Plus vivant que jamais, maintenant que je t'ai près de moi, mon fils.

Les effusions n'ont jamais été du style de mon père. Mais il me serre si fort que j'en ressens des douleurs dans le dos. Ma chute doit aussi y être pour quelque chose.

– Comment va ta sœur ?

– Bathilde ? Elle bougonne sans cesse, rouspète après tout le monde, et passe son temps enfermée dans l'atelier.

– Alors tout va bien.

Mon père se met à rire. Le son de sa voix qui cascade me fait l'effet d'une pluie de pétales, comme il en tombe des fenêtres les jours de fête. Il balaye, tel un vent clair et frais, les miasmes accumulés qui empoisonnent mon cœur.

– Père, je croyais… j'étais certain de t'avoir tué.

– Ne redis jamais ça ! C'est Chat Noir que tu pensais abattre.

– Je ne savais pas qui tu étais.

– Et si j'en crois nos amis, au lieu de détruire Chat Noir, tu lui as donné une nouvelle jeunesse. Je suis fier de toi.

Je souris faiblement. Ce second choc, même s'il est dû à l'émotion, a raison de moi. Ma vue se trouble un peu.

– Mais comment as-tu survécu, père ? Tu nous a semblé vraiment mort ! Que s'est-il passé ? Explique-moi !

– Je te raconterai ça plus tard, Sasha. Pour l'instant, repose-toi, retrouve tes forces. Tu vas en avoir besoin. Avec votre aide, il va être enfin possible de quitter cette île Maudite.

On me couvre jusqu'au nez. Je m'abandonne au sommeil, heureux, mais intrigué que mon père n'ait pas déjà tenté de partir de cette île.

Mes yeux s'ouvrent sur un soleil perdu entre les nuages. Il est à son zénith, j'ai dormi toute la matinée. Je me sens reposé et j'ai très faim. Une odeur de viande grillée m'arrache au lit de feuilles où l'on m'a déposé.

Installés autour d'un feu, Cagouille, M. Crapoussin et un homme à la barbe et aux cheveux blancs discutent en mangeant. Cet homme, c'est mon père ! Une émotion incomparable s'empare de moi. De le voir là, assis sur un tronc d'arbre, devisant avec mes amis, prenant cet air sérieux et un peu ironique que je connais si bien, me fait l'effet d'un coup en pleine poitrine. Lorsque je les rejoins, j'en tremble. Mes yeux ne peuvent se détacher de lui.

– Tiens, un revenant ! dit-il.

– Tu peux parler…

– Assieds-toi, mange. Crapoussin vient de me raconter les manigances de cette canaille d'Archiduc. J'en avais déjà découvert l'essentiel. Mais l'apparition du prince Viktar à ses côtés est une vilaine surprise. Comme si la peste avait épousé le choléra.

– Il va falloir rétourner à Deux-Broumes au plous vité.

– Pour faire *quoille* ? S'castagner l'Archiduc a'c son armée, ses chevaliers, et le prince Viktar, ses *Discoboules*, tout *çaille* à nous quatre ? Ben voyons ! Et les milliasses de Ratakass, c'est Mama Pouss qui s'les farcira pendant c'temps-là ? Z'êtes *marboules*.

– Ah, mais nous avons oune arme sécrété !

– Laquelle ? demandé-je.

– Lé Chat Noir !

Mon père siffle dubitativement et se tourne vers M. Crapoussin.

– Ça risque d'être un peu juste. Mais c'est déjà un atout.

Il me regarde et cligne de l'œil. Soudain, il m'apparaît que c'en est fini, pour moi, d'être Chat Noir. Les gants-griffes vont retourner aux mains qui les ont créés. Il y a quelques semaines, voilà qui m'aurait réjoui. Mais aujourd'hui… C'est comme si j'allais perdre ma raison d'être.

Mon père, qui a toujours lu dans mon esprit, sourit malicieusement. Il ramasse les gants-griffes posés à côté de lui. Je vois qu'il a commencé à les remettre en état.

– Attrape !

Il me les jette et je m'en saisis.

– Ils sont à toi, Sasha. Le relais a été passé. Tu es Chat Noir, maintenant. Pas de retour en arrière. Le destin arrache les pages qu'il tourne.

– Mais je ne suis pas comme toi. J'ai peur ! Je ne suis pas courageux.

– Il faut avoir peur pour se montrer courageux ! Le courage, c'est de vaincre sa peur.

– Ton père a raison, pétit chat. Céloui qui affronte lé danger sans peur n'est pas courageux. Il est fou, ou bien il est stoupide.

– Fils, tu seras plus souvent sauvé par ta peur que par ton courage.

Cagouille me donne un morceau de lapin embroché. Puis il rote et s'assied près de moi.

– Ton père dit qu'on pourra partir demain, *pisque* notre barque est pas abîmée. Juste à bidouiller un mât, et vogue la galère. Pas vrai, père Kazhdu ?

– Tout juste, Cagouille. D'ailleurs, je te charge de préparer les provisions. En ce qui concerne la voile, j'en ai cousu une, patiemment, avec les lambeaux de vêtements que j'ai récupérés sur les barques funèbres. J'avais commencé à réparer ma propre barque, abîmée par les rochers. Mais seul, c'était trop difficile.

– Pourquoi ? m'étonné-je. Voici huit semaines que tu es ici ! Tu as eu le temps de préparer une embarcation. C'est à cause du monstre ?

– Le monstre ? Quel monstre ?

– Celui qui laisse ses traces sur la plage.

Cagouille et M. Crapoussin échangent des regards embarrassés. Mon père me répond tristement :

– Sasha, ce monstre, c'est moi.

Il prend son foulard et, curieusement, s'attache les chevilles ensemble. Puis il ramasse deux grands bâtons aux extrémités fourchues qu'il se cale sous les aisselles. Alors, péniblement, avec une technique dont il a visiblement pris l'habitude, il se hisse à la force des bras et se met à avancer sur ses béquilles.

Elles laissent ces traces que je croyais être celles d'un énorme insecte. Quant à la traînée qu'il dessine derrière lui, c'est celle de ses pieds ballants au bout de ses jambes sans vie.

Après une journée de dur labeur, nous sommes prêts à partir. La nuit tombe. Nous laissons sur la plage notre barque équipée d'un mât de fortune et d'un gouvernail amélioré. Je replace dans la barque mortuaire d'un artisan les outils que nous lui avons empruntés.

Retour au campement avec mon père, très lentement, car il refuse d'être porté. Nous quitterons l'île demain à l'aube.

– V'là les provisions qu'j'ai *ramassiées*. Y a pu qu'à faire cuire tout ça.

– Qu'est-ce que tu as trouvé ?

– Que des bonnes choses : deux lapins, des cailles, champignons, châtaignes, des *escargouilles*, des baies et pis des vers de terre gros comme le doigt.

– Je ne mangerai pas de vers de terre !

– Pourtant, c'est très bon. Mais pas touche ! C'est des appâts pour pêcher.

Serrés autour des flammes, car la nuit s'annonce fraîche, nous préparons les victuailles. Peu de paroles sont échangées. Sans cesse les larmes me viennent en voyant mon père à moitié paralysé. Je ne pose pas de questions. De lui-même, il décide de raconter son histoire.

– Connaissez-vous la potion de Secoulance ? C'est un philtre très rare. J'ai eu l'occasion d'en voler quelques gouttes, il y a des années, à un marchand étranger.

– Sécoulancé ! C'est donc pour ça qué tou es en vie, mon vieux Kazhdu !

Je sais ce dont il s'agit. Au Collegium, nous avons appris la légende liée à cette potion. Je l'explique pour Cagouille :

– Secoulance était un alchimiste d'Isempagne. Il avait créé une drogue pour une princesse qui voulait faire croire qu'elle était morte. La potion de Secoulance plonge dans un sommeil où le cœur cesse de battre. La jeune fille pensait ainsi convaincre ses parents de la marier à celui qu'elle aimait.

– Voilà bien une idée d'fillasse ! Ça a marché, au moins ?

– La potion, oui. La ruse, non.

Mon père me regarde avec une certaine admiration. Puis il reprend :

– Quand j'étais Chat Noir, j'avais toujours sur moi la petite fiole de cette potion de « fausse mort ». Au cas où j'aurais été blessé et capturé par mes ennemis, vous comprenez ? Mieux vaut être cru mort, plutôt qu'emprisonné et torturé.

– Et lorsque je t'ai tiré dessus, tu l'as avalée ?

– Exactement. Oh, je ne croyais guère à son efficacité ! Et lorsque ma vie s'est éteinte, dans l'atelier du moulin, j'ai vraiment pensé mourir pour de bon.

– Purin ! Mais alors, vous auriez pu brûler vif, père Kazhdu ! Sur vot' barque funèbre quand elle a flambé.

– C'est la pluie qui m'a réveillé, et aussi qui m'a sauvé. Je ne devais pas être si loin du port de Deux-Brumes lorsque les premières gouttes m'ont ouvert les paupières, car j'entendais les mouettes. Et la pluie a noyé les flammes qui attaquaient l'embarcation.

– Tu aurais pu faire des signes ! Appeler !

– Impossible. Seuls mes yeux pouvaient bouger. Le reste de mon corps était paralysé. Des heures plus tard, j'ai pu entrouvrir les lèvres et boire l'eau qui tombait des nuages. Puis mes doigts ont commencé à répondre. Durant la nuit suivante, mes bras ont retrouvé la vie. Et petit à petit, tandis que la barque dérivait, tous mes muscles se sont réanimés, les uns après les autres… Tous, sauf ceux de mes jambes.

– Peut-être n'est-ce qu'une question de temps ! Tout espoir n'est pas perdu.

– Jé né pensé pas, pétit chat. La flèche a sectionné lé canal qui va dou cœur jousqu'aux jambes.

– Pas de faux espoir, Sasha. Et puis, tu sais, il est

plus important pour moi de retrouver mes enfants que de retrouver mes pieds. Allons dormir, maintenant. Un long voyage nous attend.

Le lendemain, nous gagnons la plage au lever du soleil. Dernière opération avant le départ : remplir d'eau douce un vieux baril échoué, remis sommairement en état.

Mon père rouspète, parce que nous le portons pour l'installer dans l'embarcation. Puis Cagouille et moi poussons la barque dans l'eau, avant d'y sauter. La marée descendante nous entraîne vers le large.

M. Crapoussin se repère aux étoiles encore visibles et oriente la barre avec assurance. Les premières heures s'écoulent sur une mer d'huile, sous un vent généreux qui nous pousse. J'ai hâte de revoir Deux-Brumes.

– Sasha, donne-moi les gants-griffes. Crapoussin, as-tu dans ton chapeau un peu de graisse et des brosses ?

– Bien soûr qué j'ai tout ça !

– *Arf, arf !* se marre Cagouille. Ce *chapieau* ! Un jour, l'lutin va en sortir sa bonne femme et douze mioches.

– Non, mais j'y ai peut-êtré oune mousélière pour fermer ton grand mouseau.

Nos rires se mêlent et se perdent sur l'étendue qui nous entoure. Au loin, l'île Maudite a finalement disparu derrière la ligne d'horizon.

Au troisième jour de voyage, nous apercevons la côte. Il était temps ! La perspective de passer une autre nuit, froide et humide, au fond de la barque, m'était insupportable.

Mon père renferme les gants-griffes, qu'il n'a cessé de graisser et de frotter, dans la veste de Chat Noir fermée en sac. Il y place aussi les accessoires bien nettoyés, le croque-serrures et le bâillon-autorité qui l'a rendu très fier de Bathilde.

– Tiens, Sasha. Reprends ton bien. Dis, Crapoussin, nous sommes loin de Deux-Brumes, dirait-on.

– Possiblé. Lé paysagé né mé dit rien.

– Parfait ! éructe Cagouille. Mieux vaut pas s'jeter dans la *goule* du loup et rev'nir *stratagétiquement.*

– Tu as peur que les gardes de l'Archiduc nous attendent ? Ne t'en fais pas, personne ne nous a reconnus dans l'attaque du navire du prince Viktar.

– S'agit pas d'ça. J'pense à mon paternel et la rouste qui va m'flanquer après qu'j'ai disparu comme *çaille* !

Nous débarquons sur une plage vaseuse, au milieu

d'un groupe de moines occupés à ramasser des moules. Des goélands nous font un chant d'honneur tandis que nous tirons la barque au sec.

Les religieux nous aident spontanément et, sans un mot, nous conduisent à leur monastère. Malgré ses protestations, ce sont eux qui portent mon père, trop fatigué pour avancer sur ses béquilles de fortune.

Dans le confort de leur réfectoire, nous mangeons du pain tartiné de la peau tiède qui flotte sur le lait bouilli. Des pommes et du miel complètent ce repas. Pas une parole n'est échangée, car leur ordre a fait vœu de silence. Mais ils comprennent très bien ce que nous désirons.

Après une nuit de vrai sommeil, ils nous mettent sur la route de Deux-Brumes, avec des provisions et des vêtements propres. Pour ceux-ci, ils refusent les pièces de M. Crapoussin. Mais ils acceptent son argent pour l'âne et la carriole qui va porter mon père.

Une cloche les rappelle entre leurs murs. Notre petit cortège s'en va, molletonné dans le brouillard de la route côtière. D'après un paysan que nous croisons, en marchant bien nous atteindrons Deux-Brumes vers midi.

XV

Le chat mis en cage

Cagouille n'en mène pas large lorsque nous le débarquons devant chez lui. La joie de retrouver ses pénates se mêle à la crainte d'affronter ses parents. Aussi, quand son colosse de père sort de la maison en nous apercevant, il n'est pas qu'un peu surpris d'être accueilli gentiment.

– Tout d'même, te v'là, bonhomme !

– *Ouaille, pôpa !* Reste calme, j'vais t'*aspliquer* qu'est-ce qui s'est passé.

Je ne sais pas quelle histoire Cagouille compte inventer pour justifier sa disparition. Mais, à notre grande surprise, son père n'en a pas besoin.

– T'fatigue pas. La sœur à Sasha m'a déjà tout dit. T'aurais juste pu embrasser ta mère avant d'partir ! Enfin, c'tait pour la bonne cause.

Nous restons muets, de peur de faire une gaffe. Apparemment, Bathilde a géré la situation. Le père de Cagouille examine le mien, assis dans la carriole, occupé à s'emplir les yeux du paysage familier. Ils échangent un salut de la tête.

– Alors, c'est lui ? V'z'avez bien fait de le ramener. L'a l'air en piteux état, ce pauvre homme.

Puis il s'adresse à mon père :

– Bienvenue ici, l'ami ! Vous r'semblez drôlement au père Kazhdu, dites donc. Paix à son âme. Pas qu'ça m'surprenne, mais tout d'même !

Le tonnelier pousse son fils dans la maison et disparaît avec lui. M. Crapoussin, caché sous une couverture dans la carriole, rigole. Puis la tête barbue du père de Cagouille se montre à nouveau.

– C'est jour de fête, à Deux-Brumes. Vous arrivez *t*'à point pour faire la noce.

Il s'en va pour de bon. En effet, on aperçoit la porte de la ville entourée de guirlandes fleuries. Et une longue file de visiteurs, contrôlée par les gardes, attend pour y entrer. Serait-ce jour de tournoi ? Curieux… On ne fleurit pas les portes pour autant, normalement.

Mon père, enfin installé dans sa maison, près de sa cheminée, sur son fauteuil préféré, se laisse aller à quelques larmes. Mama Pouss, qui semblait nous attendre, saute sur les épaules de M. Crapoussin et se frotte à son chapeau. J'apporte du lait pour tout le monde.

Bathilde fait un bruit d'enfer dans l'atelier. Elle ne nous a pas entendus. Je monte à la forge et la trouve penchée sur l'enclume, à battre le fer. Je l'interromps :

– Tu pourrais fermer le moulin au verrou ! N'importe quel gredin peut entrer dans la maison.

– Sasha ! Petit gredin, en effet ! Où étais-tu ? J'ai failli mourir d'angoisse !

Elle m'examine avec reproche, me trouve trop maigre, se fâche, parle de me supprimer les gants-griffes… et finalement se calme. Je peux enfin lui raconter mes péripéties. Pour l'instant, j'omets volontairement de mentionner notre père.

– Je me doutais que tu t'en étais sorti. Toute la ville dit que Chat Noir s'est échappé, après avoir voulu faire exploser le navire étranger.

– Qu'as-tu donc raconté aux parents de Cagouille ?

– La même chose qu'au Collegium et aux curieux. Que tu étais parti d'urgence soigner un cousin malade de notre père. J'ai ajouté qu'il avait une ferme, et que Cagouille t'avait accompagné pour soigner les bêtes.

– Bravo, Bathilde ! Tu ne sais pas à quel point tu es proche de la vérité. Le cousin en question, nous l'avons ramené.

– Ton naufrage t'a dérangé la raison !

– Suis-moi. Prépare-toi à un choc.

Nous rejoignons mes compagnons. En entrant dans la pièce, Bathilde voit d'abord M. Crapoussin, puis s'arrête sur l'homme à la barbe blanche. Elle fronce les sourcils et rouspète :

– Tu comptes transformer notre moulin en hospice, Sasha ?

– Et pourquoi pas ? répond notre père. Ne t'ai-je pas appris, ma fille, à partager ce que tu possèdes ?

Bathilde inspire bruyamment et ouvre des yeux immenses. Le sol semble se dérober sous ses pieds, elle se rattrape à la table. Puis, chancelante, elle avance vers notre père comme une somnambule. Lui, assis dans sa position familière, la regarde approcher en souriant. Il hoche la tête et ma sœur se jette dans ses bras en pleurant.

– Purin de *merdre* ! Sashouille ! Accroche-toi à tes chausses ! J'ai une nouvelle qui va te *stomaquer* !

L'apparition de sa tignasse rousse dans l'encadrement de la fenêtre fait sursauter tout le monde. L'émotion ambiante se prête mal au ton de ses cagouilleries.

– Tu n'es pas très à propos, lui dis-je.

– On va voir qui qu'est *zapropos*, quand tu sauras la fête qu'y a aujourd'hui à Deux-Brumes.

Ma sœur a un mouvement alarmé. Pensant que je ne la vois pas, elle lui signale de se taire. Cagouille hausse les épaules.

– Eh bien ? m'inquiété-je.
– C'est des noces, mon pauv' vieux.
– Oun mariagé ? Dé qui ?
– D'la Phélina, avec le prince Viktar.

Les rues de Deux-Brumes sont prises par la folie de la fête. Nous entrons par la brèche secrète dans les remparts, Cagouille et moi, puis la cohue nous emporte dans la ville en liesse. Les occasions de célébrer sont rares. Lorsqu'elles se présentent, le peuple s'abandonne sans mesure à l'amusement.

L'Archiduc a voulu que ces noces soient un événement exceptionnel. Des voûtes fleuries sont tendues entre les fenêtres. À chaque carrefour, baladins et bêtes savantes, ours, singes, chèvres, chiens, amusent les passants. Sur les places, des musiciens font danser une foule excitée venue de toute la région. Des tréteaux portant à boire et à manger s'étendent devant les échoppes fermées. Toute la population est dans la rue, vêtue des habits colorés que l'on réserve aux jours festifs.

Nous avançons péniblement. À cause de la foule compacte qui nous freine, mais aussi parce que je dois arracher Cagouille à chaque étalage de nourriture. Soudain, les cloches de la cathédrale se mettent à sonner. Une boule douloureuse monte dans ma gorge.

– Écoute, Cagouille ! Les cloches ! Le mariage est célébré.

– Qu'est-ce tu dis ? J'entends rien, j'ai la bouche pleine.

Pris de désespoir, je l'empoigne par la tunique et l'entraîne de force. Nous remontons ainsi, tel un courant contraire, la populace qui semble faire exprès de me freiner. Enfin, nous atteignons le parvis de la cathédrale où la foule, plus calme, entoure une large estrade montée devant la façade. L'Archiduc y fait son entrée, encadré de deux pages en tunique jaune et suivi du capitaine de la garde. Tout vêtu d'or, de velours pourpre et de soie noire, il montre ses dents de belette à l'auditoire. C'est sûrement ce qu'il croit être un sourire.

– Mes chers vassaux ! Mon peuple aimé ! Cette union entre notre grand ami, le prince Viktar, et la plus jolie fleur de notre noblesse, Phélina de Belorgueil, marque la naissance d'une nouvelle ère pour Deux-Brumes ; d'une nouvelle ère pour le royaume !

Sans comprendre vraiment ce qu'il veut dire, la foule explose de hourras et de bravos assourdissants. L'Archiduc les apaise et poursuit :

– Les ennemis de la justice sont nombreux. Mais ni les grands usurpateurs, ni les criminels encapuchonnés, n'empêcheront notre cité d'atteindre à la puissance qui lui revient ! Vive Deux-Brumes !

– Vive Deux-Brumes ! braillent mille gorges.

Quant aux criminels encapuchonnés, il est clair que ça me vise.

– Vive notre allié ! Il est dorénavant des nôtres. Vive le prince Viktar !

– Vive le prince Viktar ! répète la foule, qui hurlerait aussi bien « vive le chou bouilli » si l'Archiduc le demandait, après avoir arrosé la ville de vin et de bière.

Les deux pages, portant des chausses dont une jambe est rouge et l'autre bleue, brandissent des trompettes où pend l'étendard des Motte-Brouillasse. Ils sonnent ensemble quelques notes puis se mettent au garde-à-vous.

Alors, sa main légèrement posée sur le poing de son nouvel époux, Phélina fait son apparition au côté du prince Viktar. Ils montent sur l'estrade, suivis par les parents de la mariée, et par deux Discoboles en tenues éblouissantes. Le prince Viktar a l'air d'un demi-dieu. La foule est subjuguée par sa prestance, sa stature légère et puissante, son regard sûr et sensible. Moi, je n'ai d'yeux que pour Phélina. Toute vêtue de blanc et de voiles, finement parée d'or, elle est délicate et fraîche comme un lys. Ses yeux bleus sont pleins d'une lumière que lui envierait le ciel.

– Qu'elle est belle !

– Hein ? *Barf !* R'garde sa grosse mère, et tu verras comment qu'elle s'ra dans vingt ans, ta Phélina.

– Ça n'est plus *ma* Phélina.

– Elle a jamais vraiment été *ta* Phélina.

La population acclame les époux, puis se met à chanter en leur honneur. Cagouille y joint ses braillements. Il reçoit mon coude dans le flanc.

– T'es *marboule* ? Qu'est-ce qu'y a ?

– Le père de Phélina… C'est une impression, ou il s'intéresse à nous ?

– T'as raison ! C'qu'il a, à nous *raluquer* comme *çaille* ?

Le baronnet de Belorgueil nous examine depuis l'estrade. Il s'approche de l'archiduc, qui daigne chanter avec la masse, et lui glisse un mot à l'oreille. Le regard d'aigle du maître de Deux-Brumes se tourne vers nous, le temps d'un éclair. Puis, à son tour, il prend à part le capitaine de la garde qui quitte aussitôt l'estrade. Sur un signe du prince Viktar, les deux Discoboles disparaissent à sa suite. Phélina semble intriguée. Son père lui fait signe que tout va bien et se met à chanter lui aussi.

– Ça sent l'roussi, mon Sashouille. Tu d'vrais *déguerpisser* d'ici, et vite.

– Mais que se passe-t-il ?

La foule fait des vagues autour de nous, bousculée par des soldats qui s'infiltrent dans notre direction.

Par-dessus les têtes, des lames de hallebardes apparaissent et nous encerclent. Elles se rapprochent. Je commence à m'affoler.

– Purin, reste pas là, j'te dis !

Cagouille a raison. Il faut que je file ! Mais la foule m'enserre, je panique. Soudain, la voix de l'Archiduc se met à crier :

– Arrêtez-le ! C'est Chat Noir ! Saisissez-le !

– Au chat ! s'exclame le père de Phélina.

– Au chat ! répète le capitaine des gardes.

– Au chat ! Au chat ! hurle la foule en se dispersant.

Un grand cercle se vide, ne laissant que Cagouille et moi au milieu. Les hommes d'armes se rapprochent et nous cernent. Derrière eux se tiennent quelques Discoboles, menaçants, leurs disques tranchants au bout des doigts.

Le capitaine des gardes bouscule ses hommes et s'approche en jubilant, brandissant son épée.

– Cette fois, on te tient, Chat Noir. Sale vermine ! C'en est fini de toi.

Il avance vers moi, tandis que j'essaie désespérément de trouver une faille dans l'anneau de lances et d'épées tout autour. De sa main libre, gantée de cotte de mailles, il me saisit par le devant de la tunique et me soulève du sol. Me jetant un œil méprisant, il crache :

– Toi, vilain, déguerpis !

Puis il me jette entre les jambes de ses soldats qui me repoussent dans la foule. Il pointe ensuite son arme vers Cagouille.

– Emparez-vous de lui ! C'est Chat Noir ! Enchaînez-le !

Les hommes se jettent sur lui. Aussi surpris que terrifié, Cagouille se débat en protestant :

– *Quoille ?* Purin de *merdre* ! Bande d'*arbrutis* ! Mais laissez-moi ! Ch'uis pas Chat Noir ! Lâchez-moi, *malotruches* !

Aussitôt, Cagouille est enchaîné et emporté loin de nous. Sidéré, j'assiste avec impuissance à cette injustice qui m'arrache le cœur. Sur l'estrade, nos maîtres se congratulent. La foule revient aussitôt. Elle acclame à n'en plus finir ces imbéciles qui se rengorgent de leur exploit.

Phélina et le prince Viktar restent calmes. L'incident ne les intéresse pas. Ils se regardent dans les yeux, lui, insondable, elle, prise au piège de son charme.

Au loin, les protestations de Cagouille s'amenuisent et bientôt disparaissent.

XVI

Face au bourreau

– Pauvré Cagouillé !

– Je le savais que ce collier lui attirerait des ennuis. C'est de ma faute. Je n'aurais pas dû lui donner le bijou, après le lui avoir prêté pour sa mascarade chez le père de Phélina. L'explosion qui nous souffla près de la nef du prince Viktar a arraché le collier à Cagouille, et l'a projeté sur le pont du navire. Cette pièce à conviction, ramenée à Deux-Brumes, a été identifiée par le baronnet. Il se souvient très bien de l'avoir vu au cou de Cagouille jouant le comte de la Margoulette. Puisque seul Chat Noir a été aperçu à bord, c'était forcément lui ! De plus, la nuit suivant la comédie de Cagouille devant le baronnet, Chat Noir venait dans sa maison pour voler son or. Voilà qui a renforcé l'idée de sa culpabilité.

– Régardez, ils ont fini dé fouiller chez les parents dé Cagouillé.

– Ils vont peut-être venir ici. Bathilde, emmène Crapoussin, cache-le dans le passage secret.

Bathilde et M. Crapoussin quittent la pièce. Moi, je reste à la fenêtre d'où nous regardions les soldats de l'Archiduc investir la tonnellerie. Mon père clopine sur ses béquilles et s'assoit près du feu. Il me demande d'approcher et dit :

– Nous avons décidé une chose, avec ta sœur. Votre père est mort, et bien mort. Nul ne doit savoir que j'ai survécu.

– Qu'est-ce que tu racontes ?

– D'abord, les gens n'aiment pas les revenants. D'autre part, évitons d'attirer l'attention sur notre maison. Si l'on apprenait que maître Kazhdu a ressuscité de l'île Maudite, tous les yeux du pays se tourneraient vers nous. Et les langues venimeuses s'agiteraient dangereusement.

– Mais… Je ne veux pas que tu partes !

– Maintenant que j'ai rejoint mes enfants ? Et ma maison ? Il n'en est pas question, je reste ! Non, nous allons suivre l'idée que le père de Cagouille a trouvée, sans le savoir.

– Il t'a pris pour le cousin imaginaire, inventé par Bathilde.

– Exactement ! Eh bien, je vais garder l'identité de ce prétendu cousin. Dorénavant, vous m'appellerez oncle Pierre.

– Oncle Pierre ?

– Oui, oncle Pierre. Ainsi, si vous vous trompez et m'appelez « père », on pourra toujours prétendre que vous avez voulu dire « Pierre ».

Je souris. C'est une bonne idée, et elle possède cette pointe d'esprit propre à l'intelligence de mon père.

On frappe à la porte. Ce ne sont pas les soldats de l'Archiduc, comme nous le craignions, mais la mère de Cagouille. Je la laisse entrer. C'est une bonne femme tout en rondeurs, qui semble bâtie d'un assemblage de citrouilles de différentes tailles. Elle pose les deux plus grosses sur une chaise, et s'essuie les deux plus petites où coulent des larmes.

– C'est vous le cousin à ce pauvre maître Kazhdu ? dit-elle en reniflant.

– Oui, je m'appelle Pierre.

– L'oncle Pierre, précisé-je. Vous savez où est Cagouille ?

Elle fait oui de la tête et éclate en sanglots. Depuis son arrestation, il y a deux jours, le lieu où « Chat Noir » est emprisonné n'a pas été révélé.

– Les soldats… *snif*… disent… *snif*… les geôles de l'abbaye de Tort-la-Mort.

– Oh, malheureux Cagouille !

L'abbaye de Tort-la-Mort n'héberge plus de moines

depuis longtemps. Ses hauts murs sont devenus ceux d'une terrible prison, où l'on enferme les pires criminels pour les interroger.

– Z'ont mis la maison sens d'ssus d'ssous ! Puis z'ont dit que, demain, Cagouille subira les horreurs qu'Chat Noir est condamné. Mais mon garçon n'est pas Chat Noir ! Comment qu'on peut croire ça ? C'est d'la folie folle !

Elle se remet à pleurer. Je tente de l'apaiser.

– Bien sûr que non, Cagouille n'est pas Chat Noir.

– J'ai dit qu'c'est pas possible ! L'est trop jeune ! Qu'y tétait encore sa nourrice quand Chat Noir a commencé d'être vu ! Mais l'Archiduc pense qu'c'est d'la sorcellerie. Cagouille, un sorcier !

– Allons, la mère. C'est un malentendu. Gardez espoir.

– Espoir de *quoille* ? Mon Cagouille est perdu !

Bathilde, qui vient de nous rejoindre, la prend sous son bras. Elle la raccompagne chez elle, promettant de l'aider à ranger le désordre laissé par les soldats. Quand nous sommes seuls, mon père me dit gravement :

– Tu sais ce qu'il te reste à faire cette nuit, mon garçon.

– Un miracle ?

– Non, ton devoir.

À l'approche du soir, je m'éveille en bâillant et quitte ma chambre, embué de sommeil. Pendant que je prenais des forces, tout le monde s'est activé. Mon père a fini de remettre en état l'équipement de Chat Noir. Il me donne les gants-griffes noirs et luisants, si bien graissés que les mécanismes sont parfaitement silencieux.

Bathilde a passé l'après-midi chez le charron[1], à négocier l'achat d'un véhicule pour remplacer la roulotte de M. Crapoussin. Le petit homme, pendant ce temps-là, a visité les rats de sa troupe et sa chèvre savante dans sa caverne. Il en est revenu sur son cheval blanc, que nous attelons à ce qui n'est encore qu'une grande carriole. Le crépuscule nous dissimule aux yeux du voisinage.

– Faudra beaucoup dé travail et dé peintouré, pour transformer cetté charrette en roulotté dé cirqué !

– Ne t'inquiète pas, mon vieux. Bathilde et moi t'aiderons. Cette nuit, ça suffira pour emmener Sasha jusqu'à l'abbaye de Tort-la-Mort. Et, surtout, pour en ramener ce pauvre Cagouille avec vous.

Nous embarquons. Quand M. Crapoussin fait claquer le fouet, Mama Pouss saute à bord et s'installe contre lui.

1. Fabricant de chariots et de charrettes.

La prison de Cagouille se trouve vers l'est de Deux-Brumes, à une dizaine de lieues en suivant la route des falaises. À cette heure-ci, nous ne croisons personne, sinon quelque pêcheur pressé de trouver la soupe qui l'attend. Nous arrivons sans encombre, et fort tard, en vue de l'abbaye de Tort-la-Mort. Elle surplombe l'océan, perchée au bord du vide sur la plus haute falaise. La masse de ses murs, d'où dépassent des toitures et son clocher, se découpe, obscure et inquiétante, sur le ciel piqueté d'étoiles. Nous nous arrêtons en contrebas, au niveau de la plage. Tandis que j'enfile mes gants-griffes et ma tenue, je demande à M. Crapoussin :

– Quel est le plan ?

– Quoi, lé plan ?

– Le plan d'évasion, pardi !

– Pas dé plan. Tou es Chat Noir. Improvisé !

– Merveilleux.

M'introduire dans les lieux n'est pas ce qui m'inquiète. Y retrouver Cagouille, c'est déjà une autre paire de manches. Mais parvenir à le faire évader me semble mission impossible. Je me vois mal escalader les murs en le portant sur mes épaules.

Sans quitter l'ombre, je rejoins prudemment le mur de façade de l'abbaye. Moins haut que les remparts du château de Deux-Brumes, il est cependant mieux gardé. Des soldats en gilet de cuir, placés tous les trois créneaux, surveillent l'intérieur et l'extérieur. Impossible de grimper ici sans être repéré. Par la herse qui clôt l'entrée, j'aperçois de gros chiens aux colliers cloutés, dont les dents énormes dépassent des babines. Leurs trognes écrasées me font froid dans le dos.

Je suis en train de me résigner à retourner sur la plage, pour escalader l'immense falaise, et pénétrer par la face donnant sur le vide. Elle est probablement peu, ou pas gardée. Soudain, le bruit d'un attelage grimpant le chemin se fait entendre. Je me jette dans les buissons.

Un coche arrive à grande vitesse. Ses chevaux essoufflés s'arrêtent en piaffant devant l'entrée. Un garde s'approche et vient à la portière s'enquérir de ce visiteur. On lui répond avec autorité :

– Je suis le bourreau mandaté par l'Archiduc de Motte-Brouillasse. Pour Chat Noir.

– Ah bon ? Mais on a déjà not' bourreau, ici.

– Je suis un spécialiste. Voici mon ordre de mission.

– Spécialiste de quoi ?

– Des interrogatoires. Je dois lui arracher certaines informations avant son exécution, demain.

Le garde examine le parchemin qu'on lui tend. J'en profite pour me glisser sous le véhicule, et m'accrocher sous le plancher par les griffes. Je coince mes pieds près des essieux.

– C'est bon. Ouvrez la herse !

Nous entrons au pas dans l'abbaye. Passé la première cour, une seconde porte s'ouvre ; elle donne sur l'intérieur de la prison, où le pas des chevaux se répercute sous de hautes voûtes.

De ma cachette, j'aperçois deux paires de pieds qui descendent. Puis le véhicule est secoué, tandis qu'on détache une grosse malle fixée à l'arrière.

– Vous avez quoi, dans cette malle ?

– Mes outils. Je ne travaille qu'avec mon matériel. Conduisez-nous à Chat Noir.

– Suivez-moi.

Quelle n'est pas ma surprise de voir se joindre aux jambes qui s'éloignent une silhouette à quatre pattes que je connais bien ! C'est Mama Pouss, toujours au cœur de l'action, qui leur emboîte le pas. Je roule hors de ma cachette et me réfugie dans l'ombre. En quelques coups de griffes, je grimpe dans l'obscurité des hautes voûtes de l'ancien cloître.

Le bourreau et son assistant ont la tête et les épaules couvertes d'un triste chaperon noir. Portant leur lourde malle, ils suivent le garde qui éclaire la voie de sa lanterne.

Le couloir et les escaliers sont plongés dans les ténèbres. Les torches espacées n'éclairent pas les corniches, en haut des murs. Je m'y déplace avec aisance, invisible, bien au-dessus de la tête des gardiens postés çà et là. Seule Mama Pouss, dont la présence ne choque personne, lève de temps à autre les yeux vers moi.

Nous franchissons des portes, descendons des escaliers, passons des cellules d'où s'échappent des plaintes déchirantes. Puis le trio s'arrête face à une porte plus large que les autres, où se découpe une lucarne grillagée. À côté, un gardien est installé à une table. Il ouvre la porte sur l'ordre de son collègue.

– C'est là. Une chambre spéciale pour les invités de marque ! Vous verrez, il y a tout le confort : brasier pour rougir les fers, chaînes de suspension, crochets aux murs...

– Ça va, ça va. Laissez-nous.

Le guide s'en va, les deux bourreaux disparaissent dans la cellule et la porte se referme. Quand il est seul, le gardien se rassoit, puis sort un saucisson et une cruche de vin. Mama Pouss, qui s'est tapie dans l'ombre en dessous de moi, émet un *mrrrou* et entre dans la lumière.

– Petit chat, 'tit chat ! fait le garde en l'apercevant.

– *Miou !*

L'homme a l'air content d'avoir de la compagnie. Il l'appelle et elle saute sur la table. Mama Pouss le laisse caresser son joli pelage blanc, noir et roux, minaudant comme elle sait bien faire.

– C'est un gentil chat-chat, ça ! Pas comme le vilain matou enfermé à côté.

– *Miou !*

– T'as senti le bon saucisson, hein ? Tieeens, pour toi.

Il coupe un morceau et le lui tend. Mais, au lieu de prendre ce petit bout, Mama Pouss s'empare de la saucisse tout entière et déguerpit dans le couloir. Le gardien saute sur ses pieds en jurant et s'élance à la poursuite de la petite voleuse. J'en profite pour déverrouiller la porte en un tour de croque-serrures. J'entrouvre vite le battant, puis le referme derrière moi.

La pièce est grande, de larges colonnes en soutiennent les voûtes. Ce devait être une cave à vin. Je disparais dans l'angle d'un mur.

– D'la torture ? J'ai déjà donné ! Vous m'ferez pas pire qu'la *crabouillasse* qu'j'ai dû avaler, soi-disant qu'c'était d'la soupe !

– Ne craignez rien. Nous avons besoin de vous, Chat Noir.

Mon pauvre Cagouille est enchaîné à un anneau fixé au mur. Je ne pense pas qu'on l'ait torturé. Mais on voit qu'il a été maltraité. Ses vêtements déchirés et les bleus sur son visage me donnent des envies de vengeance. Les deux bourreaux, qui me tournent le dos, retirent leurs capuches. Cagouille prend soudain un air effaré.

– *Quoille ?* C'est vous ! J'ai des *illuses* ou vous m'persécutez ?

– Nous venons vous faire évader. Mais à une condition !

– Ben voyons…

– Nous vous demandons un service que seul Chat Noir peut nous rendre.

– Mais pisque j'vous dis que je suis paaas Chat Noir !

Les deux individus se regardent. L'un des profils me semble être celui d'une femme.

– *Z'*écoutez ! D'abord vous m'faisez arrêter sous *prétesque* que je suis Chat Noir. Maintenant, vous voulez me libérer *pasque* je suis Chat Noir. Mais, baronnet d'mes chausses, je suis paaas Chat Noir ! Faut que j'vous l'chante sur quel ton ?

Baronnet ? Voyons à qui nous avons affaire. Je sors de l'ombre et fais surgir mes griffes, menaçant. Ça produit toujours son effet.

– PUISQU'IL VOUS DIT QU'IL N'EST PAAAS CHAT NOIR !

– Purin de *merdre* ! Sash… Euh…

– Chat Noir ! s'exclament les deux faux bourreaux.

Ils se retournent. Je pousse une exclamation de surprise qui, à travers le bâillon-autorité, ressemble à un grognement. Ils en sont terrifiés. Ce sont les parents de Phélina ! Le baronnet de Belorgueil et son épouse ! La personne même qui a fait arrêter Cagouille prend, maintenant, des risques énormes pour le faire évader ? C'est incompréhensible.

– Ne nous faites pas de mal, par pitié ! Nous avons besoin de vous.

– DE QUOI S'AGIT-IL ?

– Ça n'est pas l'endroit pour en parler. Retrouvons-nous ailleurs.

– LIBÉRONS D'ABORD CE PAUVRE GARÇON.

– Pauv' garçon toi-même, oh ! s'indigne Cagouille.

Les Belorgueil lui jettent un coup d'œil méprisant et le baronnet hausse les épaules.

– Pour quoi faire ? Qui se soucie de ce manant ?

– PAR VOTRE FAUTE, UN INNOCENT EST CONDAMNÉ ! ET VOUS N'AVEZ MÊME PAS LE CŒUR DE LE SAUVER ? MISÉRABLES !

Ma voix attire le garde qui a repris son poste près de la porte. Il regarde par la lucarne, et les imposteurs s'empressent de rabattre leurs capuchons. Je me plaque contre le mur. Cagouille a la présence d'esprit de se mettre à hurler en demandant pitié, comme si on lui arrachait les orteils. Le soldat referme la lucarne en ricanant.

– Faisons un marché, Chat Noir. Si nous sortons ce vaurien d'ici, acceptez-vous de faire ce que nous demanderons ?

Je réponds que oui, en me réservant le droit de changer d'avis. La priorité est de sauver Cagouille.

Grâce au croque-serrures, j'ouvre en un instant les cadenas qui l'emprisonnent. Les Belorgueil extirpent de la malle un grand mannequin de chiffon et l'enchaînent à sa place. Nous éteignons les torches les plus proches pour créer l'illusion. Cagouille s'installe à l'intérieur de la malle. Puis les parents de Phélina appellent le garde.

– Nous avons ce que nous voulions. Il est fort mal en point. Laissez-le tranquille pour cette nuit, si vous voulez qu'il survive jusqu'à son exécution.

– C'est pas ici qu'y va être dérangé.

Le plan des Belorgueil est excellent, hormis un détail : l'épouse du baronnet n'est pas assez forte pour soulever la malle contenant Cagouille. Prétextant une blessure faite pendant l'interrogatoire, son mari demande au gardien de l'aider à sa place. C'est parfait ! Pendant que le soldat s'éloigne avec le couple, je peux tranquillement sortir de la cellule. Puis je les suis dans l'ombre jusqu'à notre point de départ.

Nous quittons l'abbaye comme nous y sommes entrés. Les Belorgueil dans leur voiture, et moi agrippé sous le plancher. Arrivés au bas de la falaise, ils ne semblent pas vouloir s'arrêter. Je grimpe, en pleine course, à côté du cocher. Le pauvre homme, qui ne se doutait de rien, en a une peur bleue et stoppe le véhicule. Le baronnet descend de la voiture.

– LIBÉREZ-LE, MAINTENANT.

– Vous plaisantez ? Seulement lorsque vous aurez rempli votre part du marché.

Malgré l'assurance qu'il affiche, je vois bien qu'il a peur. Nous sommes près du rivage, dans la solitude de la nuit. Sa main ne quitte pas la poignée de l'épée pendue à son côté. Mes griffes s'approchent de son nez et le voici qui se met à trembler. Puis je le laisse pour aller trancher les lanières retenant la malle. Libéré, mon Cagouille en surgit comme un ressort. Dès qu'il aperçoit le baronnet, il se met dans une colère noire.

– Purin de vieille bourrique crottée ! Cervelle de fromage qui pue ! *Fumiasse* qui m'a fait mettre au cul-d'basse-fosse ! Qu'on allait m'couper des morceaux d'moi-même auxquels je tiens ! Et m'pendouiller par le cou !

– Doucement, manant. Quelle ingratitude ! Moi qui viens de vous sauver la vie !

– Ah *ouaille* ? Sauvez donc la vôt', de sale peau moisie !

Jamais je n'avais vu Cagouille aussi furieux. Je dois même l'empêcher de se jeter sur le baronnet qui a dégainé son arme.

– LAISSE-LE.

– Chat Noir, j'espère que vous n'avez qu'une parole.

– QU'ATTENDEZ-VOUS DE MOI ?

– Je ne veux pas en parler ici. Partons avant que l'alarme soit donnée. Montez.

– NON. NOUS NE RENTRONS PAS AVEC VOUS.

– Alors, venez me retrouver là où ma femme et moi sommes réfugiés.

– RÉFUGIÉS ?

– Oui, nous avons dû nous cacher. Je vous expliquerai.

Il m'indique où se trouve une ferme isolée, près de Deux-Brumes, et me supplie d'en garder le secret.

– Je vous promets une énorme récompense, si vous nous aidez.

– Écoutez mon mari, messire Chat Noir ! Par pitié, il y va de notre vie !

– VOTRE FILLE EST-ELLE ÉGALEMENT EN DANGER ?

La mère de Phélina, qui avait passé la tête par la portière, retourne à l'intérieur. Nous l'entendons éclater en sanglots. Le baronnet, la voix tremblante, répond :

– C'est possible.

– JE VIENDRAI. DEMAIN SOIR.

Le coche disparaît sur la route en lacet, le long de la côte éclairée par la lune. Cagouille et moi rejoignons M. Crapoussin. Il s'est endormi, et Mama Pouss enroulée sur ses genoux ronronne doucement. Son cheval blanc s'ébroue et les réveille.

– La Cagouillé ! Ils t'ont chassé dé la prison à causé dé l'odeur ?

– C'est pas l'moment d'm'*argacer*, l'lutin. Ch'uis pas content et j'ai faim !

– Prends ça. Oun présent dé Mama Pouss.

Il lui donne le saucisson volé au gardien par Mama Pouss, couvert de poussière et de saletés. La minette en a également mâchouillé une partie. Mais il en faut plus que ça pour dégoûter mon copain.

M. Crapoussin fait claquer les rênes sur la croupe du cheval et nous partons vers la maison.

– Comment Chat Noir t'a-t-il fait sortir dé ton trou ?

– Il l'a pas fait. C'est l'baronnet qui m'y avait fait jeter qu'est v'nu m'en tirer.

– Eh ? Jé vois qué les gardés t'ont beaucoup tapé sour la têté.

J'enlève mon équipement et commence à raconter l'aventure étonnante qui vient de nous arriver. Mais mon esprit est ailleurs, partagé entre la peine que Phélina soit mariée à ce prince, et l'angoisse de savoir qu'un danger la menace.

XVII

La fuite en Isempagne

– Sasha Kazhdu, après son absence, s'empresse de rattraper son retard dans la matière où il excelle.

La voix de magister Georginio me tire du mauvais rêve où j'étais plongé. J'entrouvre les yeux et me redresse sur mon banc.

– Dormir en classe !

Je balbutie des excuses confuses. Le professeur lève les yeux au ciel, fait taire les élèves qui rigolent, et reprend son cours. Comme par hasard, le sujet porte sur l'histoire de Rivas'Tarak. Un cours qui s'intègre dans une campagne générale, à Deux-Brumes, destinée à rendre populaire le prince Viktar. Le héros martyr, ami de notre nation, justicier venu soutenir notre maître... Voici comment on nous présente ce monstre. Ah, si je pouvais parler !

Le Collegium sans Phélina n'a plus d'attrait pour moi. Mais mon père insiste pour que je m'y rende, comme avant. D'abord, pour couvrir mes activités nocturnes par cet alibi de vie normale. Mais surtout, et il a raison, parce que les secrets du monde s'apprennent dans les salles de classe.

Je n'apprends pourtant pas grand-chose aujourd'hui, si ce n'est l'art de dormir les yeux ouverts. En rentrant chez moi, le soir, je me sens heureusement reposé. Je monte à l'atelier d'où s'échappe un de ces baroufs ! Mon père et Bathilde sont occupés à construire je ne sais quoi, qui implique un nombre impressionnant d'éléments de toutes tailles. Sanglé sur un tabouret pivotant, entre l'enclume et l'établi, mon père travaille une tige d'acier.

De le voir ainsi, tout changé qu'il soit par sa barbe blanche et son infirmité, fait s'envoler mon cœur comme une tourterelle. Il faut perdre ce que l'on aime pour en saisir toute la valeur. Le miracle de l'avoir retrouvé m'émerveille encore.

– Sasha ! s'exclame-t-il. Crapoussin m'a raconté vos exploits de cette nuit. Il va venir tout à l'heure pour t'emmener à la ferme où se cachent les Belorgueil.

– Et si c'était un traquenard ?

– Improbable. Libérer Chat Noir pour lui tendre un piège afin de le capturer ? Ce serait idiot.

– Tu as raison. Et puis, les parents de Phélina avaient réellement l'air terrifié. Où est Cagouille ?

– Dans la caverne de Crapoussin. Le pauvre. Pour les autorités, cette évasion ne fait que renforcer l'idée qu'il est vraiment Chat Noir. Il va falloir qu'il disparaisse. Crapoussin et moi avons une idée pour résoudre le problème.

– Laquelle, père ?

– Pierre. Appelle-moi Pierre. Pour Cagouille, on t'expliquera plus tard. Bathilde, donne-lui ses gants-griffes. J'entends Crapoussin qui arrive.

Ma sœur apporte mon équipement, impeccable et révisé, comme toujours. Elle me fait remarquer la broderie, dans le dos de ma veste, représentant une goutte de sang. Un triste souvenir du jour où j'ai planté une flèche dans le dos de Chat Noir. Elle me dit :

– Maintenant que père… qu'oncle Pierre est revenu, je vais t'enlever ça.

– Non, sœurette. Laisse, c'est un aide-mémoire. Jamais plus je ne tirerai sur un être humain. Même le pire des bandits peut avoir quelqu'un qui a besoin de lui.

M. Crapoussin a commencé la transformation de sa carriole en roulotte. Déjà, les roues sont peintes de toutes les couleurs. Ça n'est pas dans un véhicule très discret que nous gagnons la ferme isolée où le père de Phélina m'a donné rendez-vous.

– La Cagouillé voulait vénir, mais jé souis parti en doucé. Trop risqué pour loui dé quitter la caverné.

– Là-bas, de la lumière à une fenêtre. Ce doit être la ferme en question. Arrêtez-vous ici.

Je laisse M. Crapoussin qui, sa pipe-trompette entre les dents, s'installe pour m'attendre. La fermette est silencieuse. À l'intérieur, je distingue un paysan attablé devant une écuelle. Je le reconnais, c'est le cocher des « bourreaux » de l'autre nuit.

Je frappe à la porte et grimpe sur le toit de chaume. Lorsqu'il ouvre, je me trouve au-dessus de lui, prêt à disparaître en cas d'embrouille.

– ON M'ATTEND ?

– Suivez-moi, maître Chat Noir.

L'homme me mène vers une grange, dans laquelle le véhicule des Belorgueil est caché sous une meule de foin. Une trappe dans le sol nous conduit à une cave éclairée à la chandelle. L'odeur de moisi s'y mêle à celle de fromages qui s'affinent. Quelques meubles raffinés, incongrus en ce lieu souterrain, témoignent de la qualité des occupants de ce terrier. Le baronnet de Belorgueil et sa femme m'accueillent avec chaleur.

– Chat Noir ! Entrez vite. Merci, merci, merci d'être venu.

– EXPLIQUEZ-VOUS.

– Notre vie est en danger. On cherche à nous

assassiner, mon épouse et moi-même. Nous devons fuir le royaume. Sans un heureux hasard, nous serions déjà morts.

– Tu appelles heureux hasard la mort de mon précieux *pitit* chien-chien ? Mon Perceval empoisonné, tu appelles ça heureux ? Espèce de monstre !

La mère de Phélina s'empare d'une carafe, qu'elle jette à la tête de son mari. Il l'esquive de justesse. Rapide comme un chat, j'attrape l'objet au passage et le repose sur la table.

– QUI VOUS EN VEUT ?

– Notre nouveau gendre, ce prince Viktar.

– Le lendemain de son mariage avec notre fille, il nous a fait envoyer des pâtisseries.

– Elles étaient empoisonnées ! Mon pauvre toutou d'amour y a goûté avant nous. Nous l'avons retrouvé mort quelques minutes plus tard ! C'est affreux !

– Nous aurions dû faire goûter ces gâteaux par la domestique. Mais, hélas ! nous n'avions aucune raison de nous méfier. Tout était si heureux, jusque-là.

Je préfère ne pas commenter cette remarque, ou je risque de me fâcher.

– PARLEZ-MOI DU MARIAGE.

La mère de Phélina disparaît dans un mouchoir. Son mari s'assied, se sert un verre d'alcool ambré qu'il boit d'un trait, et raconte :

– Notre Archiduc s'est associé au prince Viktar

pour conquérir le trône du royaume. Le prince Viktar va créer pour lui une armée de rats extraordinaires, capables de combattre avec des armes. Ils mettront la victoire de notre côté.

– JE SAIS TOUT CELA.

– En échange de ce service, le prince Viktar deviendra un grand du royaume, quand l'Archiduc sera le roi. Mais un étranger, sans lien de sang dans notre pays, n'a aucun droit. Il lui fallait épouser une femme de notre aristocratie pour obtenir de la légitimité dans le royaume.

– ET CETTE FEMME, C'EST PHÉLINA.

– Exactement. En l'ayant épousée, il n'est plus un étranger. Son sang est maintenant lié à la noblesse de chez nous. Il acquiert le droit de commander, d'avoir des vassaux, et de s'installer dans son nouveau pays.

La mère de Phélina se mouche et poursuit :

– Pour Phélina, c'était un rêve ! Devenir une véritable princesse ! Et riche ! Oh, si riche... Pour sceller l'alliance, le prince Viktar nous a couverts d'or.

– C'EST IMMORAL !

– Ce serait immoral s'il était un vieillard décrépit. Mais l'avez-vous vu ? Il est si beau ! Si puissant ! C'est l'homme dont rêvent toutes les femmes. Pas une d'entre nous n'hésiterait à se damner pour devenir son épouse.

– Le chagrin t'égare, ma mie. Tu parles tout de même de l'assassin de Perceval ! Et le nôtre, s'il découvre notre tanière.

Ces deux-là seraient comiques si la situation n'était pas si grave.

– Des liens de sang dans notre noblesse ne suffisent pas à satisfaire le prince Viktar. Il veut aussi des terres. Être notre gendre n'est pas assez ! Il veut aussi devenir notre héritier !

– Si nous mourons, tout ce que nous possédons reviendra à Phélina. Comme il est son époux, nos terres seront autant à lui qu'à elle.

– D'ailleurs, il y a déjà commencé ses travaux. Au début, nous pensions que c'était pour nous, que l'on reconstruisait le château de nos ancêtres. Mais c'est en réalité pour s'y installer lui-même.

– QU'ATTENDEZ-VOUS DE MOI ?

– Messire Chat Noir, nous devons fuir. J'ai des parents installés en Isempagne. Nous allons les rejoindre, en exil. Une place discrète nous attend sur un navire. Mais pour partir, nous avons besoin de récupérer notre argent.

– Toute notre fortune est restée dans la maison, à Deux-Brumes. Nous ne pouvons pas nous y rendre. L'endroit est surveillé par les hommes du prince Viktar, comme une souricière.

– Pour vous, c'est un jeu d'enfant ! D'ailleurs,

vous avez déjà dévalisé ma cachette. Le terrain vous est connu.

– L'OR EST DEUX FOIS PLUS LOURD QUE LE PLOMB. JE NE PEUX PAS PROMENER TOUT VOTRE TRÉSOR SUR LES TOITS.

– Pas de problème, messire Chat Noir. Après votre... farce, tout un coffret de pièces jeté à la rue, j'ai pris mes précautions. Ma fortune est maintenant à la banque. Nous avons besoin des lettres de change[1] que vous trouverez à la place. Sans ces documents, je ne pourrai jamais récupérer mon or ! Mais avec eux, les banquiers d'Isempagne transféreront ma fortune.

La femme joint ses mains comme pour prier et m'explique :

– Nous payons notre hôte, cet usurier de paysan, avec des bijoux que je portais quand nous avons fui la maison. Mais mon collier de pierres précieuses et une broche sertie d'un saphir sont encore cachés. Ils sont à vous si vous ramenez les lettres de change.

– ET PHÉLINA ?

La mère se remet à pleurer, et le baronnet s'effondre un peu plus sur sa chaise.

– Que faire ? Elle est en danger, elle aussi ! Mais

1. Document permettant de retirer son argent chez n'importe quel banquier.

comment la prévenir ? Comment l'enlever à ce monstre, pour qu'elle quitte le pays avec nous ?

– OÙ EST-ELLE ?

– Dans notre château, avec son époux. Sur nos terres qu'il nous dérobe.

– J'IRAI LA TROUVER.

Lorsque je rejoins M. Crapoussin, il est occupé à bricoler sa future roulotte, en dépit de l'obscurité. J'enlève ma tenue et redeviens Sasha. Tandis que nous trottons vers Deux-Brumes, je lui explique ce que les Belorgueil attendent de Chat Noir.

– Il faudra révénir ici, donc. Cetté nouit ?

– Non, ils m'ont donné rendez-vous demain sur le port fluvial, à la nuit. Un navire les emportera dès l'aube vers Isempagne. Je leur porterai ces fameuses lettres de change.

– Tou trouvés vraiment qu'ils méritent qué tou les aides ? Bah !

– Je le fais parce qu'ils sont les parents de Phélina. D'ailleurs, j'espère également ramener leur fille, pour qu'elle parte avec eux.

M. Crapoussin siffle dubitativement. Les hauts remparts de Deux-Brumes se découpent sur le ciel. Je lui demande de m'attendre.

– Je vais faire vite. Ensuite, je voudrais que vous m'emmeniez sur les terres des Belorgueil. Là où se trouvent Phélina et le prince Viktar. En galopant, nous y serons en deux heures.

– Pétit chat, tou as pris dou couragé et gagné dé l'assourancé. Et mêmé dé l'autorité. Mais attention ! N'oublie pas qué la proudencé est lé fil auquel est accrochée ta vie.

– Je dois aller chercher Phélina. C'est elle dont la vie ne tient qu'à un fil. Et elle ne s'en doute même pas.

Je renfile mes gants-griffes, passe mon bâillon-autorité et rabats ma capuche. Puis j'escalade les murs de la ville et file de toit en toit, sans m'arrêter, souple comme un chat qui poursuit le vent.

Il ne m'est pas difficile de retourner dans la maison des Belorgueil. Mais le baronnet avait raison, la place est surveillée. Du haut d'une cheminée, j'aperçois dans l'ombre de la rue des silhouettes patibulaires, l'épée au flanc. Ce ne sont pas des Discoboles. Le prince Viktar a dû les recruter parmi la vermine locale.

Je suis le même trajet que la première fois. Sous le trou pratiqué dans le toit, je découvre un gros piège à loup qui claque violemment lorsque je le frôle. Le baronnet aurait pu me prévenir de cette innovation ! Sans mes réflexes aigus, cette mâchoire d'acier m'aurait pris la cheville.

CHAT NOIR II

L'intérieur de la demeure est désert. Pas de domestique, pas d'assassin aux aguets, et pas d'autres pièges. Je m'empare facilement des lettres de change dissimulées derrière le miroir du bureau. Puis je quitte cette maison abandonnée, où ne résonneront plus jamais les voix de ses propriétaires. Ni celle de Phélina.

XVIII

Le choix d'une princesse

Deux heures au galop, sur le banc d'un chariot, vous réduisent les fesses en compote. Je suis plus que soulagé d'arriver ! M. Crapoussin arrête l'attelage, puis le cache dans un bosquet de noisetiers. Nous voici arrivés au cœur des terres de la famille Belorgueil. Leur domaine est étendu. Mais le terrain rocailleux dans les hauteurs, marécageux dans le vallon, en fait une contrée dépourvue de richesses.

Le manoir, planté sur un plateau rocheux, se découpe en silhouette sous la lune claire comme un miroir. Il n'est plus la ruine que les Belorgueil ont abandonnée, pour venir vivre à Deux-Brumes. L'aile droite et la façade sont maintenant reconstruites. Des échafaudages encadrent les murs que l'on remonte. Un peu partout, des grues de toutes tailles attendent qu'au petit jour les ouvriers reprennent le travail.

– Régardé, pétit chat. Des remparts et oun dongeon sont en constrouction. Lé prince Viktar va transformer cé pétit château en fortéresse !

– Je me demande où se trouve la chambre de Phélina.

M. Crapoussin scrute les bâtiments avec les lentilles de ses lorgnons. Il m'indique une zone où les fenêtres sont illuminées.

– À cette heuré-ci, elle doit être couchée. Évité les parties éclairées, n'oublie pas qué lé prince Viktar, lui, n'a pas bésoin dé dormir. Il veillé soûrément par là.

Un frisson glacial me parcourt l'échine. Je n'ai aucune envie de tomber sur ce terrible personnage. Mon objectif est de tirer Phélina de la gueule du loup, pas de m'y jeter.

– Essaie cetté partie, sour la gauché. Les couloirs sont alloumés, mais les pièces sont éteintes. Probablément des appartéments ou des chambrés.

Je noue mon bâillon-autorité et rabats ma capuche.

– À TOUT À L'HEURE.

– Pour l'amour dé Dieu, sois très proudent ! Ça n'est pas lé château dé l'Archidouc avec ses abroutis dé gardes.

Je m'enfonce dans la campagne. Les chouettes et les crapauds se taisent sur mon passage, puis reprennent leur chanson dès que les ombres m'engloutissent.

Les abords du manoir sont gardés par des groupes de Discoboles. Par deux ou trois, en silence, ils circulent et se croisent sans jamais interrompre leur surveillance. Les disques de métal, à leur ceinture, ajoutent à la frayeur qui mouille mes tempes de sueur.

Comme toujours, j'ai l'avantage de me déplacer dans les hauteurs. Et les gardes de toute sorte, même ceux-là, n'ont pas l'habitude de lever le nez. Grâce aux grues du chantier, j'arrive sans trop de peine à survoler leurs rondes. La dernière machine d'où je saute me mène sur un échafaudage contre les murs de la façade.

Les appartements de Phélina sont faciles à trouver ! Comme à sa maison de Deux-Brumes, elle a tressé des rubans autour de la balustrade de sa fenêtre. Cette habitude m'a toujours touché. Et j'ai passé bien du temps, place de la fontaine, à admirer le résultat délicat de ce passe-temps. Que cette jolie manie l'ait suivie jusqu'ici m'émeut infiniment.

La fenêtre est close. Le vitrage se compose de losanges pris dans un quadrillage de plomb, comme des vitraux. Du bout des griffes, j'en détache assez pour passer le bras et ouvrir la targette. Puis je bondis souplement à l'intérieur et referme derrière moi.

Un feu somnole dans la cheminée, au fond de la

chambre. Il éclaire faiblement ce qui m'entoure. J'attrape une bûche et la jette dans les flammes qui se ravivent. Sur le lit, la silhouette endormie s'anime.

– Qui est là ?

Phélina se lève pour allumer une chandelle. Dans sa longue chemise blanche, ses cheveux d'or ondulant sur ses épaules, elle a l'air d'un ange. Ses yeux bleus, calmes et profonds, capturent la lumière.

– NE DONNEZ PAS L'ALERTE.

– C'est vous ?

– VOS PARENTS M'ENVOIENT VOUS CHERCHER.

Elle tente d'atteindre un cordon qui, certainement, déclenche une alarme quelque part dans le manoir. D'un bond, je m'interpose. Elle recule, sans me quitter du regard, et s'empare d'un poignard dans la table de nuit. Puis elle revient vers moi.

– J'ADMIRE VOTRE COURAGE.

– Et j'admire votre bêtise ! Qu'essayez-vous de me faire croire ?

– LA VÉRITÉ. VOS PARENTS SONT EN DANGER DE MORT. VOUS AUSSI.

Pointant son arme à deux mains, elle attend que je m'explique. Je lui raconte comment le prince Viktar a tenté d'empoisonner son père et sa mère. Et comment ils ont été forcés de se cacher pour organiser leur fuite en Isempagne.

– Pauvre Perceval. Mais quel est votre rôle, dans cette histoire ?

– ILS M'ONT CHARGÉ DE RÉCUPÉRER LEURS LETTRES DE CHANGE. ET AUSSI DE VOUS RAMENER, POUR PARTIR AVEC EUX.

– Mon père réduit à louer les services de Chat Noir. Quelle ironie !

Elle réfléchit, sans me quitter des yeux. Rien ne semble jamais la désarçonner.

– PRESSONS-NOUS. IL FAUT PARTIR.

– Non, je reste.

– COMMENT ?

– Je reste auprès de mon époux.

– IL A TENTÉ D'EMPOISONNER VOS PARENTS.

– Mais ils sont sains et saufs. Puisqu'ils s'exilent, rien de mal ne leur arrivera. Un jour, quand le royaume aura changé de mains, je suis certaine qu'ils pourront revenir. Et glorieusement.

– PHÉLINA...

– Partez ! Dites-leur que je les aime, que mes pensées les accompagnent. En ce qui me concerne, mon devoir est ici. Ils comprendront.

– VOUS ÊTES EN DANGER.

– Mêlez-vous de vos affaires, maraud ! Je ne suis plus la baronnette de Belorgueil ! Je suis l'épouse d'un grand homme ! Ma place est aux côtés de mon mari, de mon prince. Je suis une princesse !

– MAIS C'EST UN MONSTRE.

– Quittez ma chambre ! Je n'ai pas donné l'alarme, parce que mon père a encore besoin de vous. Cependant, si vous restez un instant de plus...

Phélina avance, tranchant l'air avec son poignard. Je m'écarte et elle met la main sur le cordon d'alarme.

– JE NE PEUX PAS VOUS LAISSER !

– Tant pis pour vous.

Elle tire sur le cordon. Un instant après, j'entends des pas approcher. Phélina va ouvrir elle-même la fenêtre et me regarde sortir sans broncher. Je la frôle, puis me retrouve dehors, accroché au mur, poursuivi par l'odeur de son parfum.

J'escalade les pierres et m'éloigne, jusqu'à disparaître dans l'obscurité. Mais je ne m'en vais pas. Lorsqu'elle est convaincue que je suis loin, je reviens sur mes traces pour me suspendre au-dessus de la fenêtre. Puis j'espionne la chambre où un Discobole a répondu à l'appel de Phélina.

– Mon époux est-il dans les murs ?

Le Discobole hoche la tête affirmativement.

– Conduisez-moi jusqu'à lui.

Il s'incline et sort de la pièce. Phélina s'enveloppe dans une grande cape de laine et marche derrière lui.

Difficile de suivre leur trajet, en les observant à travers les fenêtres, parcourant la façade comme un lézard. Je crois même les avoir perdus, entre les couloirs et les escaliers qu'ils enchaînent. Mais je les retrouve au rez-de-chaussée, lorsqu'ils sortent de la maison. Ils se dirigent vers une construction à l'écart, détachée du corps principal du manoir.

La structure est récente, bâtie sur des fondations qui semblent plus anciennes. La forme en est arrondie, avec un dôme d'ardoise pour toiture. Une seule porte, trop bien gardée, permet à Phélina et à son gardien d'y entrer. Je contourne le bâtiment aveugle et grimpe sur le toit. Là, je trouve de nombreuses cheminées, fort larges, desquelles ne s'échappe aucune fumée. Je m'engage dans l'une d'entre elles, tel un ramoneur. Aussitôt, une odeur nauséabonde m'emplit les poumons.

À l'extrémité du conduit, il y a de la lumière. Un clapotis et des murmures en proviennent aussi. Je me laisse glisser. Finalement, je me retrouve à l'entrée d'une bouche d'aération. La voûte qui couvre la grande salle que je surplombe en est percée d'un grand nombre, comme une passoire.

Ces cheminées évacuent les émanations d'un immense bassin, plein d'un liquide vert-jaune. Tout autour, des alchimistes s'activent, trempent des instruments, jettent des poudres ou vident des fioles.

Une passerelle traverse l'étendue, comme un pont par-dessus une mare. Au centre de la passerelle, accoudé à la rambarde, leur maître, le prince Viktar, surveille le travail.

La tête me tourne. À cause des vapeurs, certes. Mais aussi parce que le spectacle a quelque chose de terrifiant, d'infernal. Et le prince Viktar qui domine son monde, dans les fumerolles du bouillon en dessous de lui, me fait penser à un démon.

Le Discobole que j'ai suivi apparaît. Il s'incline et s'adresse à son seigneur :

– *My ganli irv my, wivqi ekvatri. Ikma ways wiyr wioq.*

– *Myortab-my imvqiq.*

Le guerrier s'incline à nouveau, faisant miroiter les écailles de son armure, et s'en va. Entre alors Phélina, qui rejoint le prince Viktar au milieu de la passerelle. Superbe, impassible, il la regarde approcher. Ses chausses cuivrées, comme son armure de cuir, font penser à un homme de métal.

– Seigneur mon époux, j'ai eu une visite. On m'apprend que vous cherchez à vous débarrasser de mes parents.

Il lui fait face et prend ses mains dans les siennes. Sans le moindre accent, d'une voix belle à faire fondre une enclume, il répond :

– Bien entendu, ma douce amie. Vos parents sont

de trop. Je ne les hais, mais j'ai besoin des terres et du château.

– Ils vont partir en exil, mon maître, dans une autre contrée. Je vous en supplie, épargnez-les. Vous ne les reverrez jamais.

Le prince Viktar fait un geste élégant pour marquer son désintérêt. Les disques qu'il porte à la ceinture, non pas de métal mais d'une sorte de cristal, scintillent dans le mouvement.

– Eh bien, qu'ils fuient, fort peu m'en chaut. Tant qu'ils seront au loin. Je leur fais grâce de la vie s'ils abdiquent leurs biens.

Phélina devrait le détester ! Pourtant, allez comprendre les femmes, elle presse la main de son époux contre sa joue. Le mot assez puissant pour exprimer ma jalousie n'a pas encore été inventé. Le prince Viktar se laisse faire, mais ne réagit pas.

– Passer mes gardes, entrer chez vous, ce Chat Noir est très fort. Car c'est bien lui, n'est-ce pas, ma mie ? Et que dit-il encore ?

– Chat Noir, en effet. Il dit aussi que ma vie est en danger auprès de vous.

Le prince Viktar n'essaie même pas de la détromper. Il hoche affirmativement la tête ; avec une douceur ! Comme du miel sur du poison.

Je me demande si Phélina n'a pas perdu la tête. Ou si cet homme n'a pas quelque pouvoir qui trouble son esprit. Elle se met à le supplier, mais sans crainte, avec une sorte de fièvre :

– Laissez-moi vivre auprès de vous ! Je veux partager votre gloire. Je sais qu'un jour vous serez roi ; l'Archiduc n'est qu'un pion. Je serai votre reine ! Je suis du royaume, c'est un atout. Vous paraîtrez moins étranger à vos sujets avec une femme du pays à vos côtés.

Le prince Viktar lève un sourcil étonné, et place ses mains sur les épaules de Phélina.

– De la beauté, l'intelligence, courage et ambition… Vous me plaisez, et dans vos yeux se lit votre passion.

– Luttons ensemble, mon époux.

– Moi, un surhomme, vous, simple femme, vous freineriez mon pas. Vous souhaitez vivre auprès de moi ? Survivez donc à ça !

Il éclate d'un rire cristallin qui fait lever toutes les têtes. Les alchimistes s'interrompent et, précipitamment, s'éloignent du bassin. Le prince Viktar vient de pousser Phélina par-dessus la rambarde. Elle tombe à la renverse, les bras en croix, la bouche ouverte sur un cri silencieux. Au moment où son corps touche la nappe verte, ses yeux m'ont aperçu. Puis l'épais liquide l'engloutit, tel un sable mouvant. Les alchimistes éclaboussés s'essuient avec épouvante, comme touchés par de l'acide.

– PHÉLINAAA !

Je plonge dans le vide, de la voûte, droit vers la passerelle où je me rattrape par les griffes d'une main. Pendu au-dessus du bassin, je tends les doigts de l'autre main vers ceux de Phélina, qui disparaissent. Abasourdi d'horreur, je reste ainsi, impuissant, jusqu'à ce que la dernière bulle éclate à la surface. Mes larmes se mêlent au lac de potion.

Tout est fini. Mais le rire du prince Viktar résonne encore. Il redouble, même. Une immense fureur m'envahit, flot de lave dans mes veines qui m'arrache un hurlement. Je me redresse et me jette sur cet être immonde ! Mais il lui suffit d'un geste souple pour couper mon élan. Comme sur le bateau, il m'empoigne sans effort, et me projette au loin, par-delà le bassin.

Je fais volte-face dans les airs et, au lieu de percuter le mur, je m'y accroche par les griffes. Le prince Viktar applaudit, incline la tête pour me saluer. Puis il porte la main à l'un de ses disques transparents, qu'il détache de sa ceinture.

C'est alors que j'aperçois ce qui m'était caché de mon point de vue au plafond : la pièce circulaire est entourée d'alcôves, dans lesquelles des milliers et des milliers de rats ont leur nid. C'est ici que les Ratakass sont créés ! Les museaux de toutes les mères se pointent vers moi, l'intrus, en frémissant. Elles sont occupées à allaiter leurs portées de petits rats nus, d'un lait mêlé au philtre alchimique dont elles sont nourries.

Je me précipite vers l'ouverture de cheminée la plus proche. Au moment où j'y pénètre, l'un des disques du prince Viktar percute ma main et m'arrache un cri de douleur. Son arme a réussi à entamer les mailles du gant-griffes ! Le sang s'infiltre abondamment sous mon manchon. Je suis blessé.

En dépit de la souffrance, je remonte le conduit et me retrouve sur le toit. L'alerte est donnée. J'entends des appels en rivas'ta[1], tandis que je saute de grue en grue. Mais je suis trop rapide pour eux. Et quand les Discoboles me prennent en chasse, j'ai déjà rejoint M. Crapoussin et son cheval qui nous emporte au grand galop.

*

Ce matin, la ville mérite plus que jamais son nom de Deux-Brumes. L'océan et le fleuve répandent leur haleine dans les rues, et l'on ne voit rien à dix pas. Dans mon cœur aussi, le brouillard est épais. Et la

1. Langue de Rivas'Tarak, mais aussi adjectif pour ce qui se rapporte à ce pays.

douleur que je ressens à l'intérieur est bien plus forte que celle de la blessure recousue à ma main.

Tout en marchant vers le Collegium, car mon père a insisté pour que je m'y rende malgré tout, je cherche les mots que je dirai cette nuit aux parents de Phélina.

Je prends le chemin le plus long. Celui qui passe près du château. Tant pis si je suis en retard. Dans ce quartier, sur le point culminant de la cité, le brouillard est toujours moins dense qu'ailleurs. J'aperçois en contrebas de la grand-rue la silhouette de chevaux qui montent vers la demeure de l'Archiduc. Des gardes les précèdent et, comme ils le font quand circulent des personnages importants, dispersent les curieux sur leur chemin.

– Place, bourgeois ! Pousse-toi, maraud ! Laissez passer, écartez-vous !

Les deux cavaliers avancent de front. Je me mets sur le côté de la chaussée, et le souffle m'est coupé lorsque je reconnais le premier. C'est le prince Viktar, plus royal qu'un roi, chevauchant avec une aisance admirable. Son insupportable beauté semble rayonner d'une lumière intérieure.

Ils arrivent à ma hauteur, et je me mets à trembler. Vite, j'ai la présence d'esprit de cacher ma main bandée dans mon dos. Je fais des efforts pour garder l'air naturel, et quand les yeux de mon ennemi passent sur moi, mes jambes flageolent.

Puis, soudain, j'identifie la femme qui chevauche à son côté. Il émane d'elle une aura de puissance semblable à celle de son compagnon. Elle était belle, aujourd'hui elle est sublime. Ses cheveux d'or faisaient des boucles voluptueuses, ils sont maintenant coupés sur la nuque, et leur couleur est celle du cuivre clair. Ses robes raffinées lui donnaient l'air d'une princesse, elle porte à présent une magnifique armure de cuir, d'or et d'acier, comme une guerrière. Droite et souple sur sa jument, Phélina est métamorphosée.

Elle m'aperçoit, sourit un peu, avec douceur et hauteur. Ses yeux, qui étaient bleus comme le ciel d'été, ont pris la couleur verte du liquide où je l'ai vue sombrer ! Puis elle se penche vers son époux, me montre du menton et lui glisse un mot à l'oreille.

Ils rient ensemble, infiniment amusés, d'un beau rire qui me tranche l'âme. Puis ils disparaissent par la porte du château. Non, elle ne devine pas que je suis Chat Noir. Phélina vient sûrement de raconter à son mari que ce petit maraud, les pieds dans le ruisseau, a un jour espéré l'épouser. Parfait, moquez-vous du petit Sasha Kazhdu ! Mais craignez les griffes de Chat Noir.

ÉPILOGUE

La naissance de Chat Noir

– Dames et messires, venez *t*'admirer les *saltimbranques* ! *Voicille* l'plus grand des petits, et le plus p'tit des grands, j'ai nommé : le père Crapoussin !

– Non, la Cagouillé, non ! Quand tou mé présentes, tou dois diré monsieur Crapoussin.

– Môssieur Crapoussin !

Cagouille cesse de jongler et croque l'une des pommes qu'il faisait tournoyer. Bathilde interrompt la répétition. La ceinture pleine d'outils, elle nous rejoint dans l'entrée de la caverne.

– Vous pouvez partir, la roue est réparée.

Mon père approche sur ses béquilles.

– Ne traînez pas ! dit-il. Le jour se lève. Plus vite vous serez loin de Deux-Brumes, mieux ça vaudra. Ici, vous êtes des fugitifs.

Crapoussin s'installe sur le banc de sa nouvelle roulotte, pimpante et colorée, spécialement préparée par Bathilde et mon père. Cagouille grimpe à côté de lui.

– Ben, mon Sashouille, si qu'on m'avait dit qu'un jour j'deviendrais jongleur.

– Tou es déjà oun excellent bouffon. Jé vais t'apprendré lé resté dou métier.

– C'est un compliment, *çaille* ?

– Au révoir, mon cher Kazhdu ! À bientôt, pétit chat !

M. Crapoussin fait claquer sa langue, et le cheval blanc les emmène sur le chemin. La chèvre trottine derrière, au bout de sa longe. Et quelques rats du cirque, sortant de la cabine, montent sur le toit de la roulotte.

En voyant partir Cagouille, j'ai l'impression que l'on m'arrache quelque chose. Aussi loin que ma mémoire remonte, je n'ai pas passé une journée de ma vie sans que nous fassions quelque bêtise ensemble.

Nous montons dans la petite carriole que nous avons achetée pour circuler avec mon père. Enfin… je veux dire oncle Pierre. Le mulet qui la tire nous ramène vers le moulin.

Je n'ose pas parler. J'ai peur de me mettre à pleurer si j'ouvre la bouche. Mon père voit que je suis ému.

– Tu sais bien qu'ils ne sont pas en sécurité, ici. Et puis, s'ils vont à Coronora, c'est avec une mission.

– Quelle mission ?

– Vous avez rejeté un peu vite l'idée de prévenir la Reine. C'est vrai que des gens comme nous ne peuvent pas accéder à la cour. Encore moins y être écoutés. Cependant, deux bouffons, deux baladins… S'ils jouent bien leurs cartes dans la capitale, qui sait, peut-être approcheront-ils les oreilles royales ?

J'imagine mon copain faisant ses cagouilleries devant les grands de ce monde, et cette idée m'amuse. Mais je m'inquiète pour lui.

– J'espère que Cagouille va s'habituer à la vie de bohème. Elles doivent être dures, les journées d'un saltimbanque.

Mon père sourit et prend un air rêveur.

– Oui et non. Quand on est jeune, c'est une expérience formidable que de passer de ville en ville, et d'ébaudir les foules. On voit du pays, on tire les gens de leur quotidien pour leur montrer du merveilleux. Je sais de quoi je parle ! Et au fond, j'envie Cagouille.

Bathilde lève les sourcils et s'étonne :

– Tu sais de quoi tu parles ?

Aussitôt, notre père devient grave, peut-être même triste. Plongé dans ses pensées, il ne dit rien pendant un moment. Puis il semble avoir pris une décision et déclare :

– Rentrons à la maison, j'ai une histoire à vous raconter.

– Quelle histoire ?
– Mon histoire… Ou plutôt, notre histoire.

Au moulin, père nous réunit dans l'atelier. Il se sangle au tabouret et commence à réparer les gants-griffes. Les dégâts sont légers. Le matériau des disques du prince Viktar est le premier à s'être montré plus dur que l'alliage des gants. Le nez sur l'établi, il nous dit :

– Je préfère raconter en travaillant, les mots me viennent plus facilement.

– Tu vas nous parler de notre mère ?

– C'est exact. Je ne vous ai pas dit la vérité à son sujet.

– Tu ne nous as surtout jamais dit grand-chose ! commente Bathilde.

– C'est vrai. J'avais juré à mon père, votre grand-père, de garder le secret. Si on savait à Deux-Brumes de qui vous êtes nés, vous seriez des parias. Et jamais on ne t'aurait accepté au Collegium, Sasha.

– Oh, mon Dieu ! C'était une criminelle ?

Mon père rit gentiment. Il passe la main dans sa barbe blanche et ferme les yeux. Tout ce qu'on nous a dit de notre mère, c'est qu'elle était orpheline et d'un village éloigné. Et puis son beau prénom, Omiliana, que je n'ai jamais prononcé qu'à voix basse, comme le nom d'une fée qu'on invoque en secret.

– Oh, non ! Elle était un ange. Cependant, il y a des professions qui sont appréciées par le public, mais détestées par la société. Les gens de son métier n'ont même pas droit à une sépulture sacrée.

Mama Pouss entre dans l'atelier en ronronnant. Elle a décidé de rester avec nous et ne sort plus de la maison. Depuis que mon père est revenu, elle ne le quitte plus. La voici qui s'installe sur ses genoux.

Il prend une longue inspiration et se lance :

– J'étais un tout jeune homme, apprenti de mon père forgeron, ici même, au moulin. Dans cet atelier qui n'a guère changé depuis.

– Ah, le grand-père, je m'en souviens. Il était gentil, mais toujours triste.

– Je me rappelle un peu grand-mère, ajoute Bathilde. Elle est morte quand Sasha venait d'avoir trois ans. J'en avais huit.

– Si vous m'interrompez, je ne vais pas avoir le courage.

Bathilde et moi mettons un doigt sur la bouche et le laissons poursuivre.

– Un jour de printemps, un cirque comme je n'en avais jamais vu s'est installé à Deux-Brumes. Quand le spectacle fut donné, j'étais au premier rang. Pour moi qui ne connaissais rien du monde, ce fut un choc fabuleux. Un homme de pierre, des acrobates qui jouaient avec le feu, des danses spectaculaires, un grand magicien…

– … qui était en réalité un tout petit homme.

– Mais oui, M. Crapoussin. Comment le sais-tu ?

– Il m'a montré une peinture. Il y avait même un éléphant !

– Alors, tu as vu votre mère.

– Une saltimbanque ?

– Les acrobates du cirque étaient toute une famille. Et la plus jeune des filles, équilibriste, danseuse et jongleuse tout à la fois, me rendit amoureux dès qu'elle apparut sur la scène. Elle se nommait Omiliana. À l'instant où je l'ai vue, ma décision était prise. Un soleil était né dans mon cœur, qui en même temps m'illuminait et me brûlait. Je ne m'appartenais plus, comme un papillon qui ne peut pas s'éloigner de la flamme.

– Alors, elle est restée et tu l'as épousée ?

– Omiliana, dans une maison ? Inimaginable ! Autant mettre le vent dans une bouteille. Non, c'est moi qui suis parti. Sans rien dire à mes parents, j'ai fui le moulin, une nuit, et j'ai suivi le cirque. La troupe m'a accepté comme charron et homme à tout faire. Et mes voyages à travers le royaume ont commencé. Au début, c'est tout juste si votre mère m'avait remarqué. Du moins, c'est ce qu'elle montrait. Petit à petit, nous sommes devenus proches, très proches. Et un beau jour, nous nous sommes mariés à la mode des saltimbanques ! C'était extraordinaire. M. Crapoussin a célébré nos noces, dans son costume de Grand Papapouchi !

– Je connais... Moi, j'appelais ça le Moine.

– Pour ma belle-famille, il était impensable que je ne devienne pas comme eux, un acrobate. Alors, j'ai souffert pour apprendre le métier, je suis tombé mille fois, je me suis tordu tous les membres... Mais j'étais doué et, finalement, nous formions un duo acrobatique, votre mère et moi : les Chats volants !

– J'aurais aimé voir ça !

– Puis Bathilde est née, et notre bonheur fut complet. Malgré les hivers rudes et la vie pénible sur les routes, je vivais un rêve. Ce furent les plus belles années de ma vie.

– Et puis je suis né, et j'ai tout gâché. C'est ça ?

Mon père se mord la lèvre. Son front se plisse. Il n'arrive plus à parler et place sa main sur mon épaule avec gentillesse. Puis, finalement, il renifle et reprend :

– Non, ça n'est pas ça. Ton arrivée fut un grand bonheur pour moi, mon fils. C'est le départ de ta mère qui fut une tragédie. Tu n'en es pas responsable. Elle est morte en te mettant au monde, et c'est le plus beau testament qu'elle ait pu nous laisser.

Mama Pouss s'étire et demande qu'on lui grattouille la tête. Bathilde se met à frapper son marteau sur l'enclume, c'est son astuce pour noyer ses émotions. Mon père lui demande de cesser.

– À partir de ce jour-là, le cirque avait perdu toute couleur à mes yeux. Chaque instant de cette vie, qui m'avait fait si heureux, me rendait maintenant malheureux. Alors, j'ai pris la route, seul avec ma petite et mon bébé sous le bras, puis je suis revenu ici. Chez moi, chez nous, au moulin de mes parents.

Père n'a pas fini son histoire. Mais il se tait pour de bon, concentré sur les gants-griffes, et Bathilde me fait signe de le laisser seul.

Le soir approche. Ma sœur et moi décidons de préparer un bon dîner pour notre père, avec tout ce qu'il aime. Son humeur est morose depuis qu'il a ravivé ses souvenirs pour nous. Aussi, nous ne cherchons pas à en savoir davantage. Mais après le repas, et un peu plus de vin que d'habitude, il reprend de lui-même son récit :

– Quand je suis rentré avec mes deux bambins, je devais être pitoyable à voir. Mais ce que j'ai trouvé à la maison était encore plus affligeant. Le départ de son fils unique avait démoralisé mon père. Il avait délaissé l'atelier pour les cabarets de Deux-Brumes. Et surtout, il s'était mis à jouer aux dés, au grand désespoir de ma mère. Non seulement il y avait perdu toutes ses économies, mais il avait contracté des dettes auprès d'un ignoble usurier. Le moulin allait être saisi.

– Je te vois venir…

– J'ai tout simplement mis mes acrobaties au service d'une bonne cause ! Une nuit, j'ai escaladé la maison de l'usurier, et je m'y suis introduit pour l'alléger de son trésor. Mon père lui remboursa sa dette avec l'argent que je lui avais dérobé !

– Chat Noir était né.

– Oh, non, pas encore. De cette expérience j'ai gardé le goût de me promener la nuit, sur les toits. Et, je dois avouer, celui de voler dans les coffres de ceux qui ne méritent pas leur argent. Mais c'est bien plus tard que j'ai mis la main sur un alliage unique, créé par les alchimistes de Rivas'Tarak. J'ai fabriqué les gants-griffes, puis le croque-serrures, et mes sorties nocturnes sont devenues plus… sérieuses. J'ai commencé à me mêler de certaines enquêtes, à vouloir redresser la balance de l'injustice. Et plus j'ai œuvré pour le bon droit, plus on s'est acharné à me traiter de bandit !

Je regarde mon père avec admiration. Puis, soudain, je ressens tout le poids de l'héritage qu'il m'a confié.

– Je ne serai jamais à la hauteur, pour prendre ta place.

– Au contraire, fils, tu seras un meilleur Chat Noir que moi.

– Pourquoi ça ?

– Parce que tu descends d'une lignée d'acrobates ! Moi, je ne suis qu'un amateur, fils de forgeron qui a joué les funambules. Mais toi, tu as tout hérité d'Omiliana. Dans tes veines coule le sang des voltigeurs ! Sa souplesse, sa finesse, son agilité… Tout ça, elle te l'a transmis. De moi, tu tiens les griffes et une légende. De ta mère, le corps et le cœur d'un félin.

J'arrache le bandage de ma main, et j'enfile les gants-griffes sur ma plaie recousue. Les lettres de change dans la poche de ma veste, je traverse la nuit vers le port fluvial. Demain, les parents de Phélina s'en seront allés. J'ai décidé de leur dire que tout va bien pour leur fille, et que son prince a fait le choix de l'aimer. Pas un mot sur sa transformation, inutile de les inquiéter. Mais je compte surveiller de près ce couple-là.

Je sais où l'on fait naître l'armée des Ratakass. Je connais les projets du prince Viktar, qui se voit déjà maître du royaume. Et je suis le Chat Noir qu'ils regretteront d'avoir croisé sur leur chemin.

TABLE DES MATIÈRES

Yann Darko a écrit de nombreux articles pour la presse féminine et adolescente. Parallèlement à son activité de journaliste, il a participé à divers projets dans le domaine du spectacle, avant de se consacrer au roman et de créer le personnage de Chat Noir.

Le premier volume, *Le secret de la tour Montfrayeur*, a obtenu le prix Tam-Tam *J'aime lire* 2015.

Chat Noir triomphera-t-il
des Ratakass et de l'Archiduc ?

Vous le découvrirez en lisant
les nouvelles aventures de Chat Noir,
à paraître prochainement.

Le papier de cet ouvrage est composé de fibres naturelles,
renouvelables, recyclables,
et fabriquées à partir de bois provenant
de forêts gérées durablement.

Loi n° 49-956 du 16 juillet 1949
sur les publications destinées à la jeunesse

Composition : Dominique Guillaumin
ISBN 978-2-07-066575-4
Numéro d'édition : 279816
Dépôt légal : avril 2015
Achevé d'imprimer sur Roto-Page
par l'imprimerie Grafica Veneta S.p.A.
Imprimé en Italie